고독자

이 도서의 국립중앙도서관 출판예정도서목록(CIP)은
서지정보유통지원시스템 홈페이지(http://soeji.nl.go.kr)와
국가자료공동목록시스템(http://www.nl.go.kr/kolisnet)에서 이용하실 수 있습니다.
(CIP제어번호: CIP2020006352)

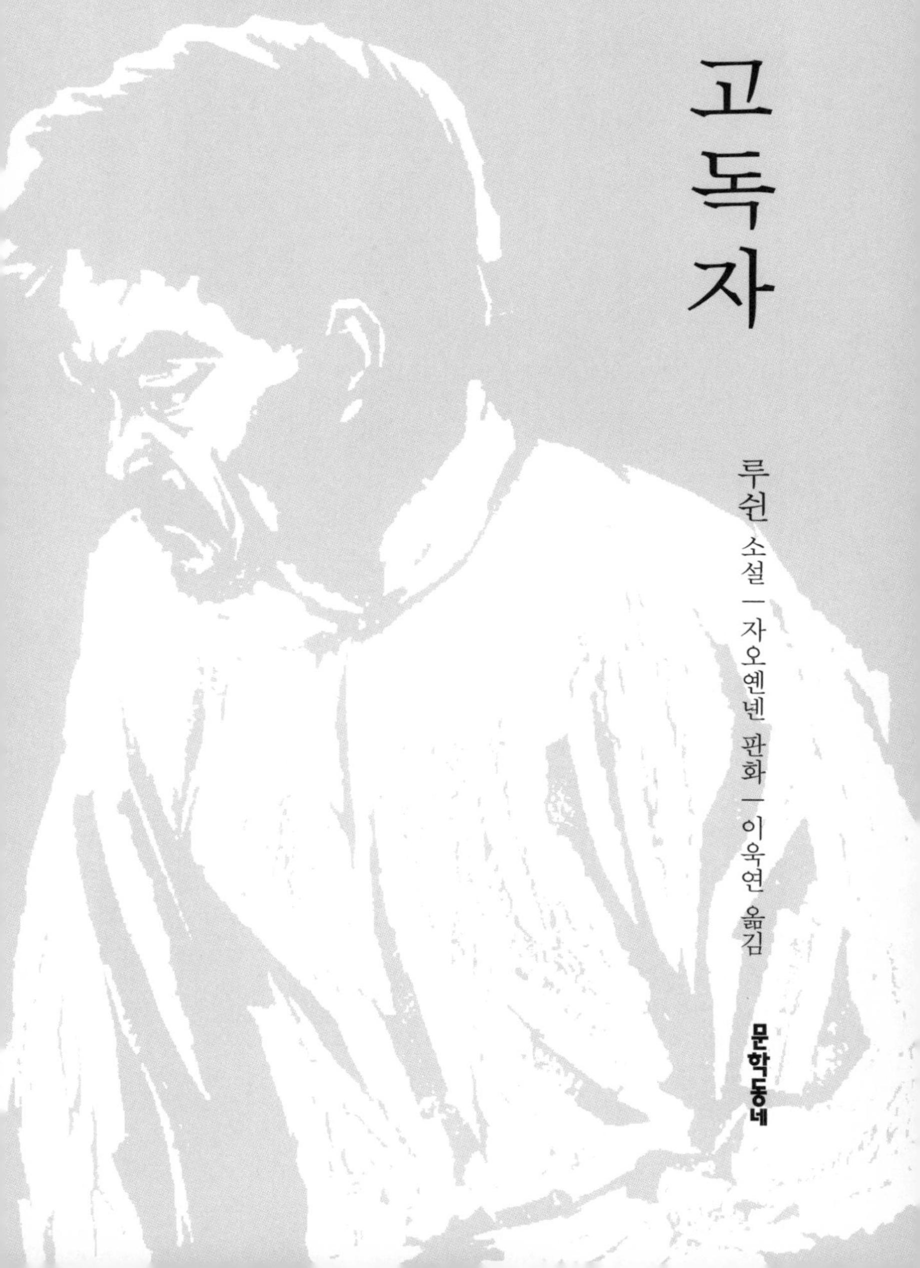

고독자

루쉰 소설 — 자오옌녠 판화 — 이욱연 옮김

문학동네

일러두기

1. 원주라고 밝힌 경우를 제외하고 주석은 모두 옮긴이주이다.

2. 국립국어원 외래어표기 원칙에 따라 신해혁명(1911) 이전의 인명과 지명은 한자음으로 표기하고, 이후의 인명과 지명은 중국어 표기법에 따라 원어 발음으로 표기하였다.

차례

복을 비는 제사

祝福

역시 음력 세밑이라야 가장 세밑다워서 시골과 읍내는 말할 것도 없고 하늘에도 새해가 다가오는 기운이 퍼졌다. 무겁게 가라앉은 잿빛 저녁 구름 사이로 간간이 빛이 새어나오고 둔탁한 소리가 이어졌다. 조왕신을 환송*하는 폭죽을 터뜨리는 소리였다. 가까운 데서 터뜨리기라도 하면 그 기세는 더 강렬했다. 귀를 울리는 커다란 소리가 채 잦아들기도 전에 연한 화약냄새가 가득 퍼졌다. 나는 바로 이날 밤에 고향 루전으로 돌아왔다. 고향이라지만 이제는 집도 없어서 루쓰 어른 댁에 잠시 묵을 수밖

* 중국에선 음력 12월 24일에 조왕신이 하늘로 승천한다고 여겨, 이날 조왕신에게 제사를 올리는 풍속이 있다.

에 없었다. 그는 일가친척으로 나보다 한 항렬 위여서 '넷째 숙부'가 되는 셈이었다. 청나라 최고 학부인 국자감의 학생이었던 그는 성리학을 신봉하는 인물이었다. 예전과 크게 달라 보이지 않았다. 조금 늙기는 했지만 아직 수염을 늘어뜨리진 않았다. 나를 보자 형식적인 인사를 건넸고, 그러고는 "살이 쪘구먼" 하고 말했다. 그런 말을 하고 나서는 신당*에 온갖 욕을 퍼부어댔다. 에둘러서 나를 욕하는 게 아님을 알았다. 그가 욕하는 것은 캉유웨이**였다. 하지만 우리는 여전히 말이 잘 통하지 않았고, 얼마쯤 지나 나 혼자 서재에 남았다.

이튿날 나는 느지막이 일어나 점심을 먹은 뒤 몇몇 친척과 친구들을 보러 나갔다. 셋째날도 그랬다. 다들 크게 변한 건 없었다. 그저 조금 늙었을 뿐이었다. 집집마다 '복을 비는 제사'를 준비하느라 바빴다. 이 제사는 루전에서 치르는 가장 큰 연말 행사로, 갖은 예를 다하고 정성을 쏟아 복신을 영접해 다가오는 새해에 행운이 가득하길 비는 자리였다. 닭을 잡고 거위를 잡고 돼지고기를 사서 일일이 정성껏 씻느라 여자들은 손에 물 마를 새가

---

* 청말에는 개혁과 유신을 주장하던 사람들을 일컬어 '신당'이라고 하였고, 신해혁명(1911) 전후로는 혁명당 사람이나 혁명을 지지하는 사람들을 가리켜 '신당'이라 하였다.

** 청나라 학자이자 개혁가(1858~1927).

없어 팔뚝까지 온통 새빨개졌다. 어떤 여자들은 그런 팔뚝에 은팔찌를 차고 있기도 했다. 그 고기들을 삶아서 여기저기 젓가락을 꽂아두는데, 이를 '복례'라고 했다. 오경*이 되면 상을 차린 뒤 향을 태우고 복신들을 모셔서 드시기를 청했다. 남자만 절을 올릴 수 있고, 제사가 끝나면 으레 폭죽을 터뜨렸다. 해마다 그러했고, 집집마다 그러했다—복례와 폭죽 등을 살 형편이 된다면—올해도 당연히 그러할 것이다. 하늘빛이 점점 어두워지더니 오후가 되자 마침내 눈이 내리기 시작했다. 큰 눈송이는 매화송이만했다. 눈송이가 하늘을 온통 뒤덮은 채 춤을 추었고, 화약연기와 부산한 기운이 섞여 루전은 더없이 흥청거렸다. 넷째 숙부네 서재로 돌아와보니 어느새 기와지붕에 하얗게 쌓인 눈이 서재 안까지 환하게 비추어, 붉은색으로 탁본해 벽에 걸린 커다란 '수壽' 자가 또렷하게 보였다. 진단** 신선이 쓴 것이었다. 대련***의 한쪽은 진즉에 떨어져나가 느슨하게 말린 채 책상에 놓여 있었고, 다른 한쪽만 아직도 걸려 있었는데 '사리에 통달하면 마음이 평화롭다'****고 적혀 있었다. 나는 그저 심심해 창가 아

* 새벽 세시에서 다섯시 사이.

** 북송시대 역학자이자 도교의 신선으로 불린 도사.

*** 대구를 이루는 한 쌍의 글귀를 종이나 천에 쓰거나 대나무 기둥 따위에 새긴 것.

**** 주희의 『논어집주』에 나오는 말.

래에 놓인 책상으로 갔다. 완본이 아닌 듯한 『강희자전』과 『근사록집주』, 『사서친』이 보였다. 어쨌거나 나는 내일 분명 떠날 것이다.

게다가 어제 마주친 샹린댁 일을 생각하면 더이상 편히 묵을 수가 없었다. 오후에 마을 동쪽에 사는 친구를 만나고 돌아오는 길에 강가에서 그녀를 만났다. 크게 부릅뜬 눈을 마주친 순간 그녀가 분명 내게로 다가오리라는 걸 알았다. 내가 이번에 돌아와 루전에서 만난 이들 가운데 그녀만큼 많이 변한 사람은 없었다. 오 년 전 희끗희끗하던 머리가 지금은 완전히 백발이 되었다. 전혀 마흔 전후의 나이로는 보이지 않았다. 얼굴이 형편없이 야위었고 누렇게 뜬데다 거무튀튀하기까지 했다. 얼굴에 어렸던 슬픈 빛조차 다 사라져버려 마치 목각인형 같았다. 이따금 눈동자가 움직일 때나 그녀가 살아 있다는 걸 알 수 있었다. 한 손에 대바구니를 들었고 그 속에는 이 빠진 빈 그릇이 들어 있었다. 다른 손엔 자기 키보다 큰 장대를 쥐었는데 밑이 쪼개져 있었다. 영락없는 거지꼴이었다.

나는 그녀가 돈을 구걸하리라 짐작하고 걸음을 멈추었다.

"돌아오셨군요?" 그녀가 먼저 물었다.

"네."

"마침 잘됐네요. 글을 아는 분이고, 출세까지 했으니 아는 것

한 손에 대바구니를 들었고 그 속에는 이 빠진 빈 그릇이 들어 있었다.
다른 손엔 자기 키보다 큰 장대를 쥐었는데 밑이 쪼개져 있었다.
영락없는 거지꼴이었다.

도 많겠지요. 한 가지만 묻고 싶어서요……" 흐릿하던 그녀의 눈이 돌연 빛났다.

그녀가 이런 말을 꺼내리라곤 전혀 예상하지 못한 터라 나는 놀란 채 그대로 서 있었다.

"저어……" 그녀가 두어 걸음 가까이 다가와 소리를 낮추어 무척 비밀스러운 일인 듯 소곤소곤 말했다. "사람이 죽어도 정말 혼은 남나요?"

오싹했다. 나를 똑바로 쳐다보는 그녀를 보니 등에 가시가 꽂히는 것 같았다. 학교에서 전혀 예정에 없던 시험을 치는데 선생까지 바로 옆에 서 있는 상황보다 더 당황스러웠다. 혼이 있는지 없는지에 대해 생각해본 적도 없었다. 지금 이 순간 그녀에게 어떻게 대답을 해야 할까? 나는 아주 짧게 망설이다 생각했다. 이곳 사람들은 원래 귀신을 믿는다. 그런데 그녀는 지금 그것을 의심한다. 어쩌면, 그녀가 바라는 것을 말해주는 편이 나을지 모른다. 있기를 바라든 없기를 바라든…… 인생의 막다른 곳에 이른 사람에게 고통을 더해줄 필요가 무엇인가? 그녀를 위해 있다고 말하는 게 낫지 않을까.

"있을 것 같네요. ……제 생각에는요." 나는 어물어물 말했다.

"그럼, 지옥도 있겠지요?"

"아! 지옥요?" 나는 놀라서 그저 얼버무렸다. "지옥? 이치로 보면 분명 있어야겠지요. 하지만 꼭 그렇다고 할 순 없지요. 그런 걸 본 사람이 없으니……"

"그럼, 죽은 가족은 다시 만날 수 있나요?"

"그게, 만날 수 있는지 없는지……" 그때 나 자신이 완전히 바보라는 걸 알았다. 아무리 머뭇거리고, 아무리 생각을 해보아도 이 세 가지 질문을 감당할 수 없었다. 갑자기 겁이 나서 방금 전에 한 말을 죄다 물리고 싶었다. "그건…… 사실 확실하지는 않습니다…… 실은 혼이 있는지 없는지 나도 잘 모릅니다."

나는 그녀가 다시 묻기 전에 얼른 걸음을 재촉해 그곳을 떠나 도망치듯 서둘러 넷째 숙부 집으로 돌아왔지만 마음은 여전히 편치 않았다. 내 말이 그녀에게 해가 될 수도 있겠다고 생각했다. 다른 사람들이 복을 기원하는 때라 외로움을 느낀 걸까, 아니면 다른 뜻이 있었을까? 아니면 무슨 예감이라도 들었던 걸까? 만약 다른 뜻이 있었고, 무슨 일이라도 일어난다면 내 대답에도 얼마간 책임이 있진 않을까…… 하지만 이내 웃고 말았다. 별 깊은 뜻이 없는 우연한 일을 가지고 괜히 혼자 심각하게 헤아려보고 있으니, 사람들이 교육자는 신경병이 있다고 말하는 것도 당연하다는 생각이 들었다. 하물며 분명히 "확실하지는 않습니다"라는 말로 스스로 한 대답을 완전히 뒤집었으니 무슨 일이 일어나더라도 나하고는 아무런 상관이 없을 테다.

"확실하지는 않다"는 말은 무척 쓸모 있는 말이다. 용감하긴 해도 세상 물정에는 어두운 젊은이들은 곧잘 다른 사람들이 궁금해하는 것을 해결해주기도 하고 의사를 찾아주기도 하다, 결과가 좋지 않아 도리어 원망을 사는 일이 흔하다. 하지만 "확실하지는 않다"는 말로 결말을 지어놓으면 만사가 편안하다. 이번에 그 말의 필요성을 절감했다. 밥을 구걸하는 여자에게도 그 말은 절대 빠뜨려선 안 되는 것이다.

그래도 여전히 불안했다. 하룻밤이 지나도 수시로 생각나고 불길한 예감을 품고 있는 것만 같았다. 눈이 내리는 우중충한 날에 무료하게 서재에 있으려니 그런 불안이 점점 더 심해졌다. 떠나는 게 나을 것 같았다. 내일 성城으로 떠나자. 푸싱러우의 상어지느러미찜은 한 접시에 1위안이고, 가격도 싸고 맛도 그만인데, 가격이 올랐을까? 전에 같이 갔던 친구들은 다 뿔뿔이 흩어졌지만 나 혼자서라도 상어지느러미는 꼭 먹어야 하는데…… 어쨌든 나는 내일 반드시 떠날 것이다.

바라지 않던 일이나, 그렇게는 되지 않겠지 하던 일들이 기어이 벌어지는 경우를 워낙 흔하게 보아왔던 터라 이 일도 걱정되었다. 과연 특별한 상황이 벌어졌다. 저녁에 사람들이 안방에 모여 얘기하는 것을 들었는데, 무슨 일을 의논하는 것 같았다. 그런데 조금 있으니 말소리가 그치고 넷째 숙부가 나오며 큰 소리로 말했다.

"다른 때도 아니고 하필 지금이람. 못된 종자는 어쩔 수 없어!"

나는 처음에는 의아했고, 그다음에는 불안해졌다. 마치 그게 나와 관련있는 말 같았다. 슬쩍 문밖을 내다보았지만 아무도 없었다. 저녁밥을 먹기 전에 사내종이 차를 내왔을 때에야 물어볼 기회가 생겼다.

"아까 넷째 어르신이 누구한테 화를 낸 거지?" 내가 물었다.

"당연히 샹린댁이죠." 사내종이 짧게 대답했다.

"샹린댁? 그 사람이 어째서?" 나는 다시 서둘러 물었다.

"죽었어요."

"죽었다고?" 갑자기 심장이 옥죄어오며 튀어오르는 것 같았다. 안색도 변했을 테다. 하지만 사내종은 줄곧 고개를 들지 않아 아무것도 눈치채지 못했다. 스스로를 진정시키고 다시 물었다.

"언제 죽었다던가?"

"언제요? 어젯밤인가 오늘이라던데요. 확실하지는 않습니다."

"어떻게 죽었는데?"

"어떻게요? 당연히 가난에 절어 죽은 거지요." 사내종은 아무렇지 않게 대답하고는 나를 쳐다보지 않고 고개를 숙인 채 그대로 나갔다.

하지만 내가 놀란 것도 잠시뿐이었다. 벌어질 일이 마침내 벌어졌다 지나갔고, 이제 내가 말한 "확실하지는 않다"와 사내종이 말한 "가난에 절어 죽었다"가 주는 위로에 기댈 필요도 없이 마음이 벌써 가벼워지고 있었다. 하지만 불쑥 자책감이 들기도 했다. 저녁 밥상이 차려져 나왔고, 넷째 숙부가 엄한 표정으로 겸상을 했다. 나는 샹린댁 소식을 물어보고 싶었다. 하지만 그는 '귀신이란 음과 양 두 기운의 자연스러운 변화로 생긴 것'이라고 책에서 읽기는 했어도, 가리는 것이 무척 많아서 복을 비는 제사를 올릴 때는 죽음이나 질병 등에 관해 절대 언급하지 않았다. 만약 부득이할 경우에는 다른 은어를 써야 했는데, 안타깝게도 내가 그것을 몰랐다. 그래서 물어보고 싶은 마음은 굴뚝같았지만 결국 단념했다. 나는 그의 엄한 표정을 보면서, 그가 나를 두고 다른 때도 아니고 하필 지금 자신에게 폐를 끼치는 못된 종자라고 생각할지 모른다는 의심이 들었다. 어서 그를 안심시켜야겠다는 생각에 내일 루전을 떠나 성으로 가겠노라고 얼른 말했다. 그도 그리 만류하지 않았다. 그렇게 서먹서먹하게 식사를 마쳤다.

겨울 해가 짧은데다 눈까지 내려서, 어둠이 일찍 온 읍내를 덮었다. 사람들은 등불 속에서 바빴지만 창밖은 고요했다. 두껍게 쌓인 눈밭 위로 눈송이들이 내렸다. 사락사락 그 소리가 들리는 듯해 사람을 더욱 적적하게 했다. 나는 노란빛을 발하는 유채기름 등불 아래 홀로 앉아 생각했다. 의지할 데 없던 샹린댁은 갖고 놀다 싫증난 헌 장난감처럼 쓰레깃더미에 버려졌다. 예전에는 쓰레깃더미에 몸을 드러내고 있어서, 즐겁게 살아가는 사람들은 그녀가 왜 살아가려고 하는 건지 괴이하게 보았다. 그러다 마침내 무상無常*이 그녀를 깨끗이 청소해버렸다. 영혼이 있는지 없는지, 나는 모른다. 하지만 현세에서 무의미하게 살아가는 사람의 죽음은, 그를 보기 싫어하는 사람들의 눈앞에서 사라졌다는 것만으로도, 남을 위해서나 자신을 위해서나 좋은 일이라는 생각이 들었다. 창밖으로 사락사락 눈 내리는 소리에 조용히 귀 기울이며 이런 생각을 하고 있자니 마음이 도리어 가벼워졌다.

하지만 전에 내가 보고 들었던 그녀의 반평생의 편린들이 오히려 하나로 맞추어지기 시작했다.

그녀는 루전 사람이 아니었다. 어느 초겨울, 넷째 숙부 집에서 하녀를 바꾸려던 참에 중개꾼인 웨이 할멈이 그녀를 데리고 왔다. 흰 끈으로 동여맨 머리에 까만 치마, 파란 겹저고리, 하얀 조끼 차림이었고, 나이는 스물예닐곱쯤 되어 보였으며, 얼굴은 누

* 불교에서 일체의 만물이 상주(常住)하는 것이 없음을 뜻하는 용어로, 민간에서는 죽은 인간의 영혼을 앗아가는 사자를 지칭했다.

렇게 떴지만 양볼만은 붉었다. 웨이 할멈은 그녀를 샹린댁이라고 불렀는데, 자기 친정집 이웃이며 남편이 죽어서 일하러 나왔다고 했다. 넷째 숙부가 눈살을 찌푸렸고 넷째 숙모는 그 뜻을 알아차렸다. 과부라 싫다는 것이다. 하지만 보아하니 몸가짐이 반듯하고 손발이 큰데다 눈을 다소곳이 내려뜨고 한 마디도 입을 열지 않는 모습이 분수를 지키며 참을성 있는 사람으로 보였다. 그래서 넷째 숙부가 눈살을 찌푸렸는데도 일단 그녀를 남게 했다. 우선 임시로 일을 시켜보았는데, 가만히 쉬고 있으면 심심하다는 듯 온종일 일을 했고, 힘까지 좋아서 남자 한 사람 몫은 거뜬히 해냈다. 그래서 사흘 만에 그녀를 받아들이기로 결정하고, 매달 500문을 주기로 했다.

다들 샹린댁이라고 불렀다. 성이 무엇인지는 아무도 묻지 않았다. 소개한 이가 웨이자산 사람이고 그 이웃이라 했으니 아마 그녀의 성도 웨이일 거라고 생각했다. 그녀는 그다지 말이 없었고 다른 사람이 물어야 겨우 대답하는 정도였는데, 대답도 그저 몇 마디뿐이었다. 열흘쯤 지나서야 그녀의 집에 매서운 시어머니가 있고, 땔나무를 해올 정도 되는 여남은 살 먹은 시동생이 있다는 것을 알게 되었다. 그녀의 남편도 나무꾼이었는데 올봄에 죽었고, 그녀보다 열 살 어렸다고 했다. 사람들이 그녀에 대해 아는 거라곤 그게 다였다.

세월은 빠르게 흘렀다. 하지만 그녀는 조금도 게으름을 피우지 않았고, 먹는 것도 가리지 않을뿐더러 힘쓰는 일도 마다하지 않았다. 그래서 다들 루씨네 넷째 어른 댁 하녀는 일하는 게 남자보다 낫다고 말하곤 했다. 세밑이 다가오면 혼자서 청소하고 마당 쓸고 닭 잡고 거위 잡고 밤새워 제사에 쓸 음식을 다 준비했으니 품을 더 살 필요도 없었다. 그런데도 오히려 그녀는 만족스러워했고, 점점 입가에 미소를 머금기 시작하더니 얼굴도 뽀얗게 살이 올랐다.

막 새해가 된 때였다. 샹린댁이 개울가에 쌀을 씻으러 갔다가 돌아와서는 갑자기 얼굴이 하얗게 질린 채 말했다. 한 남자가 멀리 건너편 둑에서 어슬렁거리는 것이 보였는데 시댁의 큰아버지 같았다고, 필시 자신을 찾으러 온 것 같다고 했다. 넷째 숙모가 놀라서 자초지종을 물었지만 그녀는 더이상 말이 없었다. 넷째 숙부는 얘기를 듣자마자 눈살을 찌푸리며 말했다.

"안 되겠어. 저 여자 도망쳐나온 것 같아."

과연 그러했다. 얼마 되지 않아 그 짐작은 사실로 드러났다.

그런 뒤 열흘쯤 지났을까, 다들 지난 일을 차츰 잊어가고 있을 때 웨이 할멈이 서른 살쯤 되어 보이는 여자를 데리고 불쑥 들어서더니 샹린댁의 시어머니라고 했다. 여자는 행색이 산골 사람 같았지만 남을 대하는 태도가 차분하고 말도 잘했다. 인사말을 건넨 뒤 용서를 빌고는 자기 며느리를 데려가기 위해 왔다고 했다. 봄철에 일을 시작할 때라 한창 바쁜데 집안에 노인네와 어린 것밖에 없어서 손이 부족하다는 것이었다.

"자기 시어머니가 데려가겠다는데, 더 말할 게 뭐 있어." 넷째 숙부가 말했다.

그래서 품삯을 계산했다. 총 1,750문이었다. 주인집에 맡겨둔 채 한푼도 쓰지 않은 그 돈을 죄다 그녀의 시어머니에게 주었다. 시어머니는 그녀의 옷가지마저 챙기고는 고맙다는 인사를 한 뒤 떠났다. 때는 벌써 정오가 지난 시간이었다.

"에구머니! 쌀은? 샹린댁이 쌀 씻으러 갔잖아?" 한참 후에야 넷째 숙모가 깜짝 놀라 말했다. 배가 고파지면서 점심 생각이 난 모양이었다.

그래서 다들 흩어져 조리를 찾았다. 부엌으로 갔다가 안채 앞으로, 다시 침실로 가보았지만 조리는 그림자도 보이지 않았다. 넷째 숙부가 대문 밖까지 나가보았지만 역시 보이지 않아 개울까지 가보았더니 조리가 둑에 얌전히 놓여 있고 옆에 푸성귀도 있었다.

목격한 사람들의 말에 따르면, 오전에 개울가에 하얀 덮개를 씌운 배 한 척이 정박해 있었는데, 죄다 가려서 안에 누가 있는지 알 수 없었고, 일이 일어나기 전에는 관심을 두는 사람도 없었다. 샹린댁이 쌀을 씻으러 와서 막 허리를 구부리던 찰나 그 배에서 산골 사람 같아 보이는 사내 둘이 나왔는데, 한 명은 그녀를 안고 다른 한 명은 옆에서 거들며 배로 끌고 갔다. 샹린댁이 울면서 몇 번 소리를 질렀으나 그들이 뭔가로 입을 막은 듯 곧 아무 소리도 들리지 않았고 이내 여자 두 명이 다가왔다. 한 사람은 모르는 사람이고 다른 사람은 웨이 할멈이었다. 배 안을 슬쩍 들여다보니 분명하지는 않지만 샹린댁이 배 갑판에 묶인 채 누워 있는 것 같았다.

"나쁜 것들! 그런데……" 넷째 숙부가 말했다.

그날은 넷째 숙모가 손수 점심을 하고, 아들 아뉴가 불을 땠다.

점심을 먹고 나자 웨이 할멈이 다시 왔다.

"나쁜 것들!" 넷째 숙부가 말했다.

"이게 무슨 수작이야? 무슨 낯으로 우릴 다시 보러 와?" 설거지를 하던 넷째 숙모가 할멈을 보자마자 화를 내면서 말했다. "자기가 데려와놓고는 작당해서 다시 납치해 가다니, 동네방네 난리를 피웠으니 사람들이 어떻게 보겠어? 우리 집안을 가지고 논 것 아냐?"

"아이고, 아고, 저도 깜빡 속았다니까요. 그것 때문에 말씀드리러 왔어요. 샹린댁이 저한테 와서 적당한 곳을 알아봐달라고 할 때 시어머니 몰래 그러는 줄은 저도 몰랐지요. 죄송하게 되었어요. 넷째 어르신과 마님께요. 이 늙은이가 노망해 조심하지 않아 그래요. 죄송합니다, 마님. 다행히 아량이 넓은 분들이니 소인을 더이상 책망하지 않으시리라 믿습니다. 사죄할 겸 이번에는 꼭 좋은 사람을 데려올게요……"

"그런데……" 넷째 숙부가 입을 열었다.

그렇게 샹린댁 일은 마무리되었고, 머지않아 잊혔다.

다만 넷째 숙모에겐 뒤이어 새로 고용한 하녀들이 게으르지 않으면 입이 걸고, 입이 걸지 않으면 게으른 사람뿐이라 하나같이 마음에 들지 않았고, 그래서 늘 샹린댁을 입에 올렸다. 그럴 때면 넷째 숙모는 혼자 자주 중얼거렸다. "그 사람은 지금 어찌 살까?" 그녀가 다시 돌아와주었으면 좋겠다는 뜻이었다. 하지만 이듬해 설이 되자 그런 희망도 접었다.

설 명절이 끝나갈 무렵 웨이 할멈이 새해 인사를 하러 왔다. 벌써 취해서 술냄새가 풀풀 풍겼다. 웨이자산의 친정에 가서 며칠 지내느라 이제 왔노라고 했다. 대화를 나누다보니 자연히 샹린댁 얘기가 나왔다.

"그 여자요?" 웨이 할멈이 신나서 말했다. "지금 복 터졌습지요. 그이 시어머니가 잡아갈 때 벌써 허자아오에 사는 허라오류한테 시집보내기로 약조를 했대요. 그래서 돌아가서 며칠 만에 꽃가마를 탔지요."

"에구, 그런 시어머니를 봤나!" 넷째 숙모가 놀라 말했다.

"허참! 마님도! 꼭 대갓집 마님 같은 말만 하시네요. 우리 같은 산골 가난뱅이에게 그런 일이 뭐 대수겠어요. 그이한테 시동생이 있는데 마누라를 얻어야 한대요. 그러니 그이가 시집을 안 가면 어디서 돈을 마련해 여자를 사 오겠어요? 그이 시어머니가 똑똑하고 여간내기가 아니거든요. 셈을 해보곤 산골로 시집보낸 거지요. 한동네 사람에게 보내면 돈을 얼마 못 받거든요. 두메산골로 시집가려는 여자가 적다보니 시어머니가 80관*이나 손에 쥐었대요. 이제 둘째 며느리도 들였는데, 50관 남짓밖에 들지 않았으니 잔치 치른 돈 빼고도 10관 넘게 남은 거지요. 참, 보세요, 얼마나 타산에 밝은지요?"

"샹린댁이 내켜했대요?"

"내키고 말고가 어디 있어요. 누구라도 일단 소란을 피우긴 하지요. 일단 끈으로 결박해서 가마에 쑤셔넣고 사내 집으로 메고 간 후, 화관 씌워 맞절 시키고 방문을 닫아걸면 그걸로 끝이지요. 그런데 샹린댁이 확실히 유난스러웠나봐요. 정말 대단했다고 하더라고요. 그래서들 선비 집안에서 일하던 사람이라 다

* 1관은 1000문.

르긴 다르다고 했다더군요. 마님, 우린 이런 꼴 저런 꼴 다 봤어요. 개가하면서 울고불고하는 사람도 있고, 죽네 사네 난리를 피우는 사람도 있지요. 신랑 집까지 가마를 타고 가서도 절을 안 하겠다고 하는 사람도 있고, 촛불을 짓뭉개버리는 사람도 있어요. 하지만 샹린댁은 그런 여자들과 달랐대요. 가는 내내 소리를 지르고 욕을 해서 허자아오에 도착했을 때는 목이 다 쉬어버렸다는군요. 가마에서 끌어내 남자 둘하고 시동생이 억지로 무릎을 꿇려도 기어이 절을 않더래요. 그들이 잠깐 방심해 손을 풀자마자, 어이구, 나무아미타불, 이 여자가 혼례상 모서리에 머리를 박아서 이마가 터져버려 피를 콸콸 쏟았다지 뭡니까. 향을 태운 재를 두 줌 가져와 바르고 붉은 천으로 두 번이나 동여맸는데도 지혈이 되지 않더랍니다. 그런 뒤 사람들이 달려들어 신랑과 여자를 신방에 집어넣고 문을 걸었는데 그래도 계속 욕을 해댔고요. 아이고, 참말이지……" 웨이 할멈이 고개를 절레절레 저으며 눈을 내리깔고 말을 그쳤다.

"그래서 어찌되었다던가?" 넷째 숙모가 물었다.

"다음날에도 일어나지 않더랍니다." 웨이 할멈이 눈을 치뜨며 말했다.

"그러고는?"

"그러고는이라니요? 일어났지요. 연말에는 아이도 하나 낳았

는걸요. 아들이요. 새해가 되면 두 살이지요. 제가 친정에 며칠 머물 때 허자아오에 다녀온 사람이 있었는데 그 모자를 보았다더군요. 애기 엄마도 살이 오르고 아이도 통통하더래요. 게다가 위로는 시어머니도 없지요, 남자도 가진 거라곤 힘뿐이어서 일 잘하고, 집도 자기 것이니. 허헛, 그 여자 정말 운수 대통했어요."

그뒤로 넷째 숙모도 더이상 샹린댁 얘기를 하지 않았다.

그런데 어느 가을이었다. 샹린댁이 운수대통했다는 소식이 전해지고 두 해쯤 지났을 무렵, 그녀가 홀연히 넷째 숙부네 안채 앞에 다시 나타났다. 둥근 올방개 모양 바구니는 탁자 위에 놓여 있고 처마 밑에는 조그만 이불꾸러미가 있었다. 머리는 예전처럼 흰 끈으로 묶고, 까만 치마에 파란 겹저고리, 하얀 조끼 차림으로. 얼굴은 파리한 채 양볼에는 핏기가 없었다. 눈을 내리깔고 있는데 눈가에는 눈물 자국이 보이고 눈빛에선 예전과 같은 기운이 느껴지지 않았다. 이번에도 웨이 할멈이 데리고 왔는데, 딱하다는 표정으로 넷째 숙모에게 사연을 늘어놓았다.

"……'세상일은 한 치 앞을 모른다'더니 정말 딱 그 짝이네요. 이 여자 남편이 정말 튼튼했는데, 새파란 나이에 열병으로 죽을 줄 누가 알았겠어요. 원래는 다 나았는데 찬밥을 먹고 재발했대요. 그나마 아들이라도 있어서 다행이었지요. 이 여자가 워낙 일을 잘하니까 나무도 하고 찻잎도 따고 누에도 키우면서 그럭저럭 살 만했는데, 이번에는 아이가 이리에게 물려 갈 줄 누가 알았겠어요. 봄이 코앞인데 마을에 이리가 나올 줄 짐작이나 했겠냐고요. 이제 이 여자 혼자 남은 거지요. 게다가 시아주버니가 와서 집을 차지하고 내쫓았대요. 정말 오갈 데 없는 몸이 된 거지요. 그러니 어쩌겠어요, 옛날 주인을 찾아오는 수밖에요. 그래도 지금은 더이상 거추장스러운 것도 없고 마님 댁에서도 마침 사람을 찾고 계시던 차라 제가 데리고 왔습지요. 뭐니뭐니해도 겪어본 사람이 제일이에요. 생판 모르는 사람보다야 백배 낫지요……"

"제가 정말 바보였어요, 정말." 샹린댁이 힘없이 눈을 들며 말했다. "눈이 와서 산에 먹을 게 없을 때나 들짐승이 마을로 내려오는 줄 알았지 봄에도 그럴 거라곤 생각도 못했어요. 아침 일찍 일어나 대문을 열고 바구니에 콩을 가득 담은 뒤 우리 아마오를 불러 문지방에 앉아 콩을 까라고 했어요. 말을 잘 듣는 아이라 제 말에 고분고분 따랐지요. 아이가 밖에 나가고서 저는 뒤꼍에서 장작을 패고, 쌀을 씻어 솥에 안친 다음, 콩을 찌려고 아마오를 불렀어요. 그런데 대답이 없어서 나가보니 바닥에 온통 콩이 흩어져 있고 우리 아마오가 보이지 않는 겁니다. 다른 집에 잘 놀러가는 아이가 아니었지만 그래도 이집 저집 다니며 물어봤어요. 그런데 아무데도 없었어요. 애가 타서 사람들에게 아이를 찾아달라고 부탁했지요. 오후까지 산골 여기저기를 다 뒤졌는데 가시덩굴에 아이 신발이 한 짝 걸려 있는 걸 발견했어요. 다들 말하더군요. 큰일났다고, 이리에게 잡아먹혔을 거라고. 그래서 더 깊숙이 들어가보았더니 역시 풀밭에 누워 있더군요. 뱃속 내장은 모두 먹혀서 텅 비었고 손에는 콩 까던 바구니를 꼭 쥐고 있었죠……" 그녀가 말을 이었지만 우는 통에 무슨 말인지 알아들을 수 없었다.

처음에는 망설이던 넷째 숙모가 그녀의 얘기를 다 듣고는 눈시울을 붉혔다. 숙모는 잠깐 생각하더니 샹린댁에게 둥근 바구니와 이불꾸러미를 들고 하녀가 쓰는 방으로 가라고 일렀다. 웨이 할멈은 무거운 짐을 덜었다는 듯 한숨을 내쉬었다. 샹린댁은 왔을 때보다 표정이 조금 누그러졌고 누가 뭐라고 일러주기도 전에 익숙하게 이불꾸러미를 갖다놓았다. 그렇게 해서 그녀는 다시 루전에서 하녀로 일하게 되었다.

다들 예전처럼 그녀를 샹린댁이라 불렀다.

하지만 이번에 그녀는 딴사람이 되어 있었다. 일을 시작하고 사나흘 지나자 주인은 그녀의 손발이 예전처럼 민첩하지 않고, 기억력도 많이 나빠졌고, 시체 같은 얼굴에 온종일 웃음기라곤 없다는 걸 알게 되었다. 그녀가 다시 왔을 때 넷째 숙부는 예전처럼 눈살을 찌푸렸지만 하녀 구하기가 어렵다는 걸 아는 터라 그리 반대하지는 않았다. 그저 불쌍하기는 하지만 풍속을 어지럽힌 사람이니 집안일은 하더라도 제사 때는 손을 대지 못하도록, 음식은 모두 숙모가 직접 하도록, 그러지 않으면 부정을 타서 조상님이 드시지 않을 거라고 넌지시 일렀다.

넷째 숙부 집에서 가장 중요한 일은 제사였다. 전에는 샹린댁이 가장 바쁜 시기가 제사 때였는데 이번에는 한가했다. 그녀는 아직도 대청 한가운데에 상을 차리고 휘장을 치고 술잔과 젓가락을 어떻게 놓는지까지 기억하고 있었다.

"샹린댁, 그냥 두게! 내가 할게." 넷째 숙모가 다급히 말했다.

그녀가 멋쩍게 손을 움츠렸다가 다시 촛대를 집으려 했다.

"샹린댁, 그냥 두게! 내가 할게." 넷째 숙모가 다시 다급히 말했다.

그녀는 주변을 몇 바퀴 맴돌았지만 결국 할일이 없었고, 그저 알 수 없다는 듯이 물러갔다. 이날 그녀가 할 수 있는 일이라곤 아궁이 앞에 앉아 불을 때는 것뿐이었다.

마을 사람들은 그녀를 여전히 샹린댁이라고 불렀다. 하지만 말투는 전과 달랐다. 그녀와 말은 나눠도 웃는 표정은 싸늘했다. 하지만 그녀는 전혀 눈치채지 못했다. 그저 눈을 꼿꼿이 뜨고 사람들에게 자신이 한시도 잊을 수 없는 일을 얘기했다.

"제가 정말 바보였어요, 정말." 그녀가 말했다. "눈이 와서 산에 먹을 게 없을 때나 들짐승이 마을로 내려오는 줄 알았지 봄에도 그럴 거라곤 생각도 못했어요. 아침 일찍 일어나 대문을 열고 바구니에 콩을 가득 담은 뒤 우리 아마오를 불러 문지방에 앉아 콩을 까라고 했어요. 말을 잘 듣는 아이라 제 말에 고분고분 따랐지요. 아이가 밖에 나가고서 저는 뒤꼍에서 장작을 패고, 쌀을 씻어 솥에 안친 다음, 콩을 찌려 했지요. 제가 '아마오야!' 하고 불러도 아무 대답이 없었어요. 나가보니 바닥에 온통 콩이 흩어져 있고 우리 아마오가 보이지 않는 겁니다. 여기저기 물어봤지만 아무데도 없었어요. 애가 타서 사람들에게 아이를 찾아달라고 부탁했지요. 오후까지 여기저기 산골을 다 뒤졌는데 가시덩굴에 아이 신발이 한 짝 걸려 있는 걸 발견했어요. 다들 말하더군요. 큰일났다고, 이리에게 잡아먹혔을 거라고. 그래서 더 깊숙이 들어가보았더니 역시 풀밭에 누워 있더군요. 뱃속 내장은 모두 먹혀서 텅 비었고 불쌍하게도 손에는 콩 까던 바구니를 꼭 쥐고 있었죠……" 그녀는 끝내 눈물을 떨어뜨렸고 말소리도 울음으로 바뀌었다.

이 얘기는 썩 효과가 있었다. 남자들은 여기까지 듣고는 얼굴에서 웃음기를 거두고 재미없다는 듯 가버렸다. 하지만 여자들은 그녀를 용서라도 해주는 것처럼 경멸어린 표정을 곧장 바꾸고 함께 눈물까지 흘렸다. 길에서 미처 듣지 못한 몇몇 나이든 여자들은 그 비참한 얘기를 들으러 일부러 찾아오기도 했다. 그녀의 얘기가 눈물로 바뀔 때면 여자들도 같이 눈가에 맺혀 있던 눈물을 떨구면서 한숨을 쉬고는 이런저런 감상을 늘어놓고 만족스럽다는 듯 돌아갔다.

상린댁은 거듭 자신의 비참한 얘기를 반복할 뿐이었는데, 늘 서너 명은 듣는 사람이 있었다. 하지만 오래 지나지 않아 다들 귀에 못이 박히도록 들어서, 무척 인자하고 염불을 외우던 할머니들조차 더는 눈물을 흘린 흔적을 보이지 않게 되었다. 나중에는 온 읍내 사람들이 그녀의 얘기를 거의 외울 정도가 되어 듣기만 해도 지겨워 머리가 아플 지경이었다.

"제가 정말 바보였어요, 정말." 그녀가 얘기를 시작했다.

"그래, 당신은 눈이 와서 산에 먹을 게 없을 때나 들짐승이 마을로 내려오는 줄 알았지." 사람들은 바로 그녀의 말을 자르고 가버렸다.

그러면 상린댁은 입을 헤벌리고 서서 눈을 꼿꼿이 뜨고 사람들을 쳐다보다 자신도 재미가 없었는지 자리를 떠났다. 하지만 망상은 여전했다. 다른 일에서, 예컨대 바구니나 콩이나 다른 아이를 볼 때마다 아마오와 연결시키려 했다. 두세 살 된 어린아이를 보면 이렇게 말했다.

"아아, 우리 아마오가 살아 있었으면 이만큼 컸을 텐데……"

아이들은 그녀의 눈을 보고 놀라서 제 엄마의 옷소매를 잡아끌며 얼른 가자고 재촉했다. 그러면 다시 그녀는 혼자 남겨지고 결국 무료해져 그 자리를 떠났다. 나중에는 다들 그런 성향을 알고서 샹린댁이 아이들 앞에 있으면 웃는 듯 마는 듯한 표정으로 먼저 그녀에게 물었다.

"샹린댁, 당신 아들 아마오가 살아 있으면 이만큼 크지 않았을까?"

그녀는 자기의 슬픔이 여러 날 동안 다른 사람들의 입에 오르내리며 저작되어 진작에 찌꺼기가 되었으며 이제는 다들 지겨워 뱉어내고 싶어한다는 걸 모르고 있었다. 그래도 사람들의 웃음에서 뭔가 싸늘하고 찌르는 듯한 느낌을 받았기에 그녀는 스스로 더이상 입을 열 필요가 없겠다고 생각했다. 이제는 그저 사람들을 힐끔 쳐다보기만 할 뿐 대꾸도 한 마디 하지 않았다.

루전은 언제나 섣달 스무날부터 새해맞이로 바빠지기 시작한다. 넷째 숙부 집도 남자 날품을 샀지만, 그래도 손이 모자라 류어멈이라는 사람을 더 붙여 닭도 잡고 거위도 잡도록 시켰다. 그런데 류 어멈은 불교 신자라 채식을 하고 살생을 하지 않았기 때문에 그저 제기만 씻었다. 샹린댁은 불 때는 것 말고 다른 할일이 없어서 한가롭게 앉아 류 어멈이 제기 씻는 모습이나 보고 있었다. 가는 눈이 점점이 내리고 있었다.

"아아, 내가 정말 바보였어." 샹린댁이 하늘을 쳐다보며 한숨을 내쉬고 혼잣말을 했다.

"샹린댁, 또 그 얘기야?" 류 어멈이 지겹다는 듯 그녀의 얼굴을 쳐다보았다. "물어볼 게 있는데, 그 이마 흉터 말이야. 그때 부딪혀서 그런 거야?"

"음음." 샹린댁이 어물거리며 대답했다.

"그런데 말야, 그때 어쩌다 나중에는 허락하게 된 거야?"

"내가요?"

"그래, 당신 말이야. 내 생각에는 그래도 당신이 원했던 것 같은데, 그렇지 않고서야……"

"아아, 그 사람 힘이 얼마나 센지 모를 거예요."

"그걸 어떻게 믿어? 당신 힘이 얼마나 센데 그 사람을 못 이긴단 말이야? 필시 좋아서 허락하고선 그 사람 힘을 탓하는 거겠지."

"아아, 당신이…… 당신이 한번 당해봐요." 샹린댁이 웃었다.

류 어멈의 주름진 얼굴에도 웃음이 일자 호두처럼 쪼글쪼글해졌다. 류 어멈이 메마른 뱁새눈으로 샹린댁의 이마를 쳐다보다 다시 그녀의 눈을 쳐다보았다. 샹린댁은 불안한 느낌이 들었는지 얼른 웃음기를 거두고 시선을 돌려 내리는 눈을 바라보았다.

"샹린댁, 당신 정말 손해만 봤어." 류 어멈이 은밀하게 말했다. "끝까지 버티든가, 아니면 차라리 머리를 찧고 죽어버리는 게 나았을 텐데 말이야. 지금 처지를 봐. 두번째 남자하고 이 년도 채 못 살고 큰 죄만 뒤집어썼잖아. 생각해보라고, 나중에 저승 가면 두 남자가 서로 싸울 텐데, 대체 누구한테 갈 거야? 염라대왕이 당신을 잘라서 두 사람에게 나누어주는 수밖에 더 있겠냐고. 내 생각에 이건 정말……"

상린댁의 얼굴에 공포스러운 표정이 일었다. 산골에 있을 때는 미처 생각지 못한 일이었다.

"내 생각에는 한시라도 빨리 액땜을 하는 게 좋을 것 같아. 토지신 사당에 가서 문지방을 하나 시주하라고. 그걸 자네 대신 천 명이 밟고 만 명이 넘으면 이승에서 진 죗값을 치르고 죽어서 고생하지 않을 거야."

상린댁은 그 자리에선 아무런 답을 하지 않았지만 무척 고민이 되었던지 이튿날 아침에 일어나자 두 눈가에 까만 원이 크게 생겼다. 아침을 먹고 나서 그녀는 마을 서쪽 끝에 있는 토지신 사당에 가서 문지방을 시주하게 해달라고 간청했다. 사당 관리인은 처음에는 완강하게 거절하다가 그녀가 눈물까지 흘리며 간청하자 어쩔 수 없이 승낙했다. 값은 대전* 12관이었다.

상린댁이 사람들과 말을 나누지 않은 지 벌써 오래되었다. 사

* 보통 동전보다 크고 가치도 높은 과거의 중국 화폐.

람들이 아마오 얘기를 지겨워해서였다. 하지만 류 어멈과 나눈 얘기가 퍼지면서 사람들이 새로운 흥미를 느낀 듯 그녀를 놀리려 말을 걸어왔다. 물론 화젯거리는 바뀌어서 그녀의 이마에 난 상처가 주된 관심사였다.

"샹린댁, 그때 어쩌다 허락하게 된 거야?" 누군가 물었다.

"헛, 어쩌나, 괜히 들이받았구먼!" 다른 사람이 그녀의 흉터를 보면서 말했다.

샹린댁은 사람들이 웃는 모습이나 말하는 투에서 자신을 놀리고 있다는 걸 알아차렸는지 그저 눈만 멀거니 뜬 채 한 마디도 하지 않았고, 나중에는 돌아보지도 않았다. 하루종일 입을 꽉 다문 채 사람들이 치욕의 상징으로 여기는 그 흉터를 지니고 묵묵히 길을 가고, 비질을 하고, 야채를 씻고, 쌀을 씻었다. 족히 일 년이 지났을 무렵, 그녀는 넷째 숙모에게 그동안 모아둔 품삯을 달라고 해서 멕시코 은화* 12위안으로 바꾼 뒤 휴가를 내고 마을 서쪽으로 갔다. 채 한 식경도 못 되어 돌아왔는데, 아주 홀가분한 표정에 눈에도 무척 생기가 돌았다. 그러고는 기쁜 듯이 넷째 숙모에게 말했다. 토지신 사당에 벌써 문지방을 시주했다고 했다.

동짓날 제사 때는 더욱 열심히 일했다. 넷째 숙모가 제사 음식

* 1900년대 초까지 중국에서 유통된 적이 있다.

을 차리고 아뉴와 제사상을 대청 가운데로 옮기는 모습을 본 샹린댁은 태연스레 술잔과 젓가락을 집어들었다.

"내려놔, 샹린댁!" 넷째 숙모가 다급하게 소리쳤다.

그러자 샹린댁은 누가 살을 인두로 지지기라도 한 것처럼 손을 움츠리고 안색도 잿빛으로 변하더니 촛대를 가지러 갈 생각도 못한 채 그저 넋을 놓고 멍하니 서 있었다. 넷째 숙부가 향을 피우기 위해 비키라고 했을 때에야 자리를 떠났다. 이 일은 그녀에게 큰 변화를 가져왔다. 다음날 그녀는 눈이 쑥 꺼지고 정신도 더 혼미해졌다. 게다가 겁도 많아져서 어두운 밤뿐만 아니라 그림자도 무서워하고 사람만 봐도 벌벌 떨었다. 심지어 자기 주인을 봐도 벌벌 떠는 모습이 꼭 낮에 놀러나온 생쥐 꼴이었다. 그렇지 않으면 그저 목각인형처럼 멍하니 앉아 있었다. 반년이 안 되어 머리는 백발이 되고 기억력은 더욱 나빠져 쌀 씻는 것조차 왕왕 잊어버렸다.

"샹린댁이 왜 저래? 차라리 그때 다시 들이지 않는 건데 그랬어." 넷째 숙모가 아예 대놓고 말했다. 그녀에게 경고라도 하는 것처럼.

그런데도 샹린댁은 변화가 없었다. 좋아질 기미가 전혀 보이지 않았다. 그래서 그들은 웨이 할멈에게로 그녀를 돌려보내려 했다. 하지만 내가 루전에 있을 때는 그저 말뿐이었다. 그런데 지금 보니 나중에 그 말대로 된 모양이었다. 그녀가 넷째 숙부 집을 나오고 거지가 되었는지, 웨이 할멈 집에 갔다가 후에 거지가 되었는지는 나도 모른다.

가까이서 터지는 요란한 폭죽소리에 놀라 정신이 든 나는 콩알만한 노란 등불을 바라보았다. 이어 펑펑 폭죽 터지는 소리가 들렸다. 넷째 숙부네 '복을 비는 제사'가 시작된 것이다. 이제 곧 오경임을 알았다. 나는 몽롱한 상태로 멀리서 끝없이 터지는 폭죽소리를 들었다. 하늘 가득한 그 소리와 하나가 된 짙은 구름, 여기에 무리 지어 날리는 눈꽃까지 합세해 온 마을을 감싸는 듯했다. 나는 이런 소란에 감싸인 채 나른하고도 편안한 기분을 느꼈다. 낮부터 초저녁까지 안고 있던 근심거리가 모두 이 복을 비는 공기에 깨끗이 날아갔다. 오직 천지신명만이 제물과 향 연기를 흠향한 뒤 취기에 비틀비틀 허공을 거닐면서 루전 사람들에게 무한한 복을 내려줄 준비를 하고 있는 것처럼 느껴졌다.

1924년 2월 7일

비누
肥皂

쓰밍의 아내는 기울어지는 햇빛을 받으며 북으로 난 창을 등지고 앉아 여덟 살 된 딸 슈얼과 함께 지전紙錢에 풀칠을 하고 있었다. 무겁고 느린 헝겊신 소리가 들려와 아내는 쓰밍이 온 걸 알아챘지만 쳐다보지 않은 채 그저 풀칠만 했다. 이내 헝겊신 소리가 점점 가까워지더니 자신들 곁에 멈추는 듯해 돌아보지 않을 수 없었다. 쓰밍이 어깨를 으쓱거리며 구부정하게 등을 굽힌 채 마고자 안에 입은 저고리 주머니에서 뭔가를 열심히 찾고 있었다.

쓰밍이 몸을 잔뜩 비틀더니 겨우 손을 꺼냈다. 손에는 조그만 연두색 종이상자 하나가 들려 있었고, 그는 그것을 아내에게 바로 건네주었다. 손에 받자마자 올리브 향기와 비슷하지만 딱 잘라 말할 수 없는 향이 났다. 연두색 상자에는 번쩍번쩍한 금박 글씨와 여러 잔무늬가 섬세하게 그려져 있었다. 슈얼이 갑자기 달려들어 채가려 하자 쓰밍의 아내가 아이를 재빨리 밀쳐냈다.

"시내 나갔었어요?" 그녀가 물건을 보면서 물었다.

"으응." 쓰밍이 아내의 손에 들린 종이 포장을 보면서 말했다.

연두색 상자를 열자 그 안에 얇은 종이 포장이 하나 더 있었고, 역시 연두색인 그 얇은 종이를 풀자 물건이 드러났다. 단단하고 매끄러운데 역시 연두색이었고 위에는 여러 잔무늬가 섬세하게 그려져 있었다. 얇은 종이 포장은 원래 미색이었다. 올리브 향기와 비슷하지만 딱 잘라 말할 수 없는 향이 훨씬 진하게 끼쳐 왔다.

"아아, 이거 정말 좋은 비누다!" 쓰밍의 아내가 아이를 안아올리듯 연두색 비누를 코에 갖다대고 냄새를 맡으며 말했다.

"음음, 당신 이제 이걸로……"

이렇게 말하는 쓰밍의 눈길이 자신의 목으로 향한 걸 보고는 여자의 얼굴이 귀밑까지 뜨거워졌다. 그녀 스스로도 어쩌다 목덜미, 특히 귀밑을 만질라치면 손에 늘 까칠까칠함이 느껴졌고, 그게 다 세월이 흘러 쌓인 때라는 걸 진작부터 알았지만 여태껏 크게 개의치 않았다. 그런데 이제 남편이 쳐다보는 가운데 야릇한 향이 나는 연두색 서양 비누를 받고 보니 자신도 모르게 얼굴이 뜨거워졌고, 그 뜨거운 열기가 쭉 내려가 순식간에 귀밑까지 이어졌다. 저녁을 먹고 이걸로 빠득빠득 씻어야겠다고 생각했다.

"어떤 데는 쥐엄나무씨로만은 잘 씻기지 않아서." 그녀는 혼잣말을 했다.

"엄마, 그거 나 줘!" 슈얼이 손을 내밀며 연두색 종이를 달라고 했다. 밖에서 놀던 작은딸 자오얼도 달려왔다. 쓰밍의 아내가 얼른 딸들을 밀친 뒤 비누를 얇은 포장지로 싸고 원래대로 연두색 상자로 다시 싸서는 세면대 선반 가장 높은 칸에 발돋움하여 올려놓았다. 그리고 한번 더 살펴본 뒤 이윽고 몸을 돌려 지전에 풀칠을 했다.

"쉐청아!" 쓰밍이 뭔가 생각났다는 듯 소리를 길게 빼 부르면서 아내 바로 맞은편에 있는 등받이가 높은 의자에 앉았다.

"쉐청아!" 그녀도 거들어 불렀다.

그녀는 지전에 풀칠하던 걸 멈추고 귀를 기울였다. 아무 반응이 없었다. 남편이 고개를 들고 초조하게 기다리는 모습을 보고는 절로 안쓰러운 마음이 들어 목청을 높여 날카롭게 불렀다.

"취안얼!" 이번에는 과연 효과가 있어서 뚜벅뚜벅 구둣소리가 들리더니 이내 취안얼이 그녀 앞에 섰다. 취안얼은 반팔 차림이었고 통통하고 둥근 얼굴에 땀이 번들번들했다.

"뭐하고 있었어? 아버지가 한참을 부르셔도 못 듣고?" 그녀가 나무라며 말했다.

"팔괘권*을 하고 있었어요……" 쉐청이 바로 쓰밍 쪽으로 돌아 꼿꼿하게 서서 아버지를 쳐다보았다. 무슨 일이냐는 뜻이었다.

"쉐청아, 한 가지 물어보자. '어두푸'란 말이 무엇이냐?"

"'어두푸'요? 그야 '악독한 여자'를 말하는 거 아녜요?"

"무슨 소리냐! 무슨 소리야!" 쓰밍이 버럭 화를 냈다. "내가 여자란 말이냐?"

쉐청이 놀라서 뒤로 두 걸음 물러나 다시 똑바른 자세를 취했다. 간혹 아버지의 걸음걸이를 보고 노인 역을 하는 배우 같다는 생각을 한 적은 있어도 여자 같다는 생각은 해본 적이 없어서 자기 대답이 틀렸다는 걸 알아차렸다.

"내가 어두푸가 악독한 여자라는 것도 몰라서 너한테 가르쳐 달라고 한 것 같으냐? 이건 중국말이 아니라 양놈들 말이다. 무슨 뜻인지 모르겠어?"

"저는…… 저는 모르겠는데요." 쉐청은 더욱더 안절부절못했다.

"허헛, 내가 헛돈을 쓰며 너를 학교에 보냈구나. 이런 것도 모르고. 너희 학교는 '말하기와 듣기를 모두 중요하게 가르친다'

* 팔괘의 방위에 따라 짜여진 무술 동작.

고 떠들어대더니 뭘 가르쳤는지 모르겠구나. 이 양놈 말을 한 녀석은 열네댓 살밖에 안 되어 보이던데. 너보다 훨씬 어린데도 벌써 쏼라쏼라 하는데, 너는 무슨 말인지도 모른단 말이냐. 무슨 낯으로 '저는 모르겠는데요'라는 거냐? 썩 가서 무슨 말인지 알아와!"

쉐청이 기어들어가는 목소리로 "예" 하고 대답하고는 공손하게 물러갔다. "정말 엉망이야." 잠시 후 쓰밍이 흥분해 말했다. "요새 학생들 말이야. 사실 광서* 황제 때 학교를 만들어야 한다고 가장 나서서 주장한 사람이 나였지만, 학교의 폐해가 이토록 막대하리라고는 정말 생각도 못했어. 해방입네, 자유네 하면서 실제적인 것은 안 배우고 그저 소동만 피우니. 쉐청도 그래. 저한테 쏟아부은 돈이 얼마인데, 헛돈 썼어. 중국 것하고 서양 것을 다 가르치고 영어도 '말하기와 듣기를 모두 중시한다'기에 그럼 맞춤이다 싶었는데, 헛, 일 년을 배우고 '어두푸'도 모르니 정녕 쓸데없는 책이나 읽고 있는 게야. 참나, 학교라는 데서 어떻게 키우는 거야? 아주 죄다 문을 닫아버려야 해!"

"맞아요. 진짜로 전부 문을 닫는 게 나아요." 쓰밍의 아내가 지전에 풀칠을 하면서 맞장구쳤다.

---

* 청나라 11대 황제 덕종의 연호(1875~1908 재위).

"슈얼 같은 딸애들은 학교에 보낼 필요도 없어. '계집애들이 무슨 공부야?'라며 아홉째 할아버지가 전에 이렇게 말하면서 여자애를 학교에 보내는 걸 반대했을 때 내가 반박했었지. 그런데 지금 보니까 역시 나이드신 분 말씀이 옳았어. 보라고, 여자들이 끼리끼리 거리를 쏘다니는 게 얼마나 가관이야. 게다가 머리까지 자르고. 내가 제일 꼴 보기 싫은 게 그런 머리 자른 여학생이야. 솔직히 말해서 군인이나 무장도적은 그래도 사정을 봐줄 만해. 세상을 어지럽히는 건 바로 그 여자들이라고. 엄하게 조치를 취해야 한다고……"

"맞아요. 남자들이 죄다 중머리가 된 것도 모자라 여자들까지 비구니를 따라 하고 있다니까요."

"쉐청!"

쉐청이 금박 테두리가 둘러진 작고 두꺼운 책을 들고 빠른 걸음으로 들어와 쓰밍에게 건네고 한곳을 가리키며 말했다.

"이거 같은데요. 이거……"

쓰밍이 받아보니 사전이었다. 그런데 글자가 몹시 작은데다 가로로 조판되어 있었다. 그는 이마를 찌푸리며 창가 쪽으로 가서 눈을 찡그리고 쉐청이 가리킨 줄을 읽어갔다.

"'18세기에 창립한 공제조합을 말함.' 음, 아니다. 이건 어떻게 읽느냐?" 그가 앞에 있는 '양놈 글자'를 가리키며 물었다.

"오드펠로스Oddfellows."

"아냐, 아냐, 그게 아냐." 쓰밍이 다시 벌컥 화를 냈다. "그 말은 나쁜 말이고 욕이라고 하지 않았냐. 나 같은 사람을 욕하는 말이라고. 알겠어? 찾아보거라."

쉐청이 그를 힐끔힐끔 보면서 그냥 서 있었다.

"그게 무슨 수수께끼 같은 소리예요, 밑도 끝도 없이. 당신이 먼저 시원하게 말을 해주고 애더러 잘 찾아보라고 해야 할 거 아녜요." 쉐청이 난감해하는 모습을 본 아내가 중재도 하고 불만도 털어놓을 겸 말했다.

"내가 큰 거리에 있는 광룬상에서 비누를 살 때였어." 쓰밍이 숨을 한 번 내쉬고는 그녀를 돌아보며 말했다. "가게에 학생 셋이서 물건을 사고 있더라고. 그 아이들 눈에 내가 너무 까탈스럽게 보였겠지. 물건을 한꺼번에 예닐곱 개나 보았으면서, 다 40전 넘는 걸로, 그러고는 안 샀거든. 10전짜리를 보니 너무 형편없는 데다 향기도 없더라고. 차라리 중간 게 나을 것 같아서 그 연두색을 골랐지. 24전이야. 점원이야 원래 돈 보고 사람 대우하는 놈들이라 눈은 이마에 붙고 입은 진작부터 개 주둥이처럼 나왔더라고. 그런데 그 못돼먹은 학생 자식이 눈을 찡긋하더니 양놈 말을 하며 시시덕거리는 거야. 나중에는 내가 물건을 열어보고 사겠다고 했지. 포장지에 싸여 있어서 물건이 좋은지 나쁜지 알 수 있어야지. 그런데 그 돈 보고 사람 대우하는 놈이 막무가내로 억지를 부리며 가증스러운 헛소리를 계속 늘어놓는 거야. 게다가 그 못된 학생들까지 덩달아 웃고. 제일 조그만 녀석이 나를 쳐다보면서 그 말을 했는데, 다른 녀석들이 다 웃더라니까. 분명 욕일 거야." 그러더니 쓰밍은 고개를 돌려 쉐청에게 말했다. "너는 욕이 나온 데만 찾아봐!"

쉐청이 기어들어가는 목소리로 "예" 하고 대답하고는 얌전히 물러갔다.

"그자들이 걸핏하면 '신문화新文化' '신문화' 하고 떠드는데 이 지경까지 '화化'를 하고도 아직 멀었단 말이야?" 그는 대들보를 올려다보며 넋두리를 계속했다. "학생들도 도덕을 잃고, 사회도 도덕을 잃었어. 어서 구제할 방도를 생각하지 않으면 중국은 정말 망하고 말 거야. 생각해보라고, 얼마나 통탄할 일인지?"

"뭐라고요?" 쓰밍의 아내가 전혀 놀라는 기색 없이 건성으로 물었다.

"효녀더라고." 쓰밍이 아내를 돌아보며 진지하게 말했다. "시내에 갔을 때, 거지 둘이 있더라고. 하나는 아가씨인데, 열여덟 아홉쯤 되어 보였어. 구걸을 할 나이는 아니지만 그래도 하더라고. 또하나는 백발에 앞을 못 보는 육칠십쯤 된 노인인데 포목점 처마 밑에 앉아서 구걸을 하고. 다들 그 아가씨를 효녀라고 하면서 노인은 그녀의 할머니라더군. 뭐든 조금이라도 얻으면 죄다 할머니를 먹인다는 거야. 자기는 굶으면서도. 그런데 그런 효녀한테 적선을 하는 사람이 있을 것 같아?" 그가 아내를 뚫어져라 쳐다보았다. 그녀의 생각을 시험해보려는 것 같았다.

그녀는 대답이 없었다. 그저 남편을 쳐다보는 모습이 그의 설명을 기다리는 듯했다.

"흥, 없었어." 그가 결국 대답했다. "한참을 보고 있었는데, 딱 한 사람이 한 푼 주더라고. 다른 사람들은 그저 둘러서서 놀리기나 하고. 건달 두 놈이 멋대로 지껄이더라고. '아파, 저 계집 더럽다고 생각하지 마. 데리고 가서 비누 두 개 사가지고 온몸을 빠득빠득 씻기면 끝내준다고!' 참나, 생각해봐, 그게 할 소리야?"

"흥." 쓰밍의 아내는 고개를 숙이고 한참 있더니 마지못해 물었다. "당신은 돈을 줬어요?"

"나? 아니. 한두 푼 주기가 쑥스러워서. 그 여자가 평범한 거지는 아니어서 그래도……"

"흥." 그의 말이 끝나기도 전에 그녀는 슬그머니 일어나 부엌으로 갔다. 어스름이 제법 짙어진 걸 보니 벌써 저녁밥을 할 때였다.

쓰밍도 일어나 마당으로 나갔다. 바깥이 방안보다 더 밝았다. 쉐청이 담 모퉁이에서 팔괘권을 연습하고 있었다. 낮과 밤이 바꿔는 시간을 경제적으로 활용하자는 쓰밍의 '가훈'을 따르는 것으로, 쉐청은 이를 거의 반년 동안이나 해오고 있었다. 그는 대견하다는 듯 고개를 약간 끄덕이며 두 손을 뒷짐진 채 마당을 거닐었다. 얼마 지나지 않아 하나뿐인 화분에 심긴 만년청의 넓은 잎도 벌써 어둠에 잠기고 솜 조각 같은 하얀 구름 사이로 별빛이 반짝였다. 어두운 밤이 시작된 것이다. 쓰밍은 이때 자기도 모르게 흥분을 느끼면서 뭔가 큰일을 해야 할 것 같았다. 주위의 글러먹은 학생이나 망해가는 사회와 싸워야 할 것 같았다. 그는 점점 의기충천해져 보폭도 커지고 헝겊신 소리도 갈수록 커졌다. 그 바람에 닭장 안에서 잠자고 있던 암탉과 병아리들이 꼬꼬댁 꼬꼬댁, 삐악삐악 울음을 터뜨렸다.

대청에도 불이 들어왔다. 저녁식사를 알리는 봉화인 셈이다. 온 식구가 가운데에 있는 식탁 주위로 모였다. 등불이 아래를 비추었다. 쓰밍이 혼자 중앙 상석에 앉았다. 쉐청처럼 통통하고 둥근 얼굴이지만 가느다란 팔자수염이 있다는 점은 달랐다. 야채찌개의 뜨거운 김을 받고 혼자 식탁 한쪽을 차지하고 앉은 모습이 사당의 재물신 같았다. 식탁 왼쪽에는 쓰밍의 아내가 자오얼을 데리고 앉고 오른쪽에는 쉐청과 슈얼이 나란히 앉았다. 그릇과 젓가락 소리가 빗방울 떨어지는 소리처럼 울렸다. 다들 아무 말 없었지만 떠들썩한 저녁식사였다.

자오얼이 그릇을 엎는 바람에 찌개가 식탁에 절반쯤 흘렀다. 쓰밍이 작은 눈을 부릅뜬 채 아이를 쳐다보다 아이가 울려고 하자 눈길을 거두고, 아까 점찍어둔 배추를 집으려고 젓가락을 뻗었다. 하지만 배추는 이미 보이지 않았다. 좌우를 둘러보다 마침 쉐청이 큰 입을 쩍 벌리고 입속으로 밀어넣는 모습을 발견하고는 하는 수 없이 멋쩍게 나물만 집었다.

"쉐청아." 그가 아이 얼굴을 보며 말했다. "그 말 찾았느냐?"

"그 말요? 아직 못 찾았어요."

"헛, 너 말이다, 공부도 모자라고 도리를 알지도 못하면서 그저 먹는 것만 밝히지! 그 효녀 좀 본받아라. 거지 신세면서도 할머니에게 효를 다하지 않느냐. 자기는 굶으면서도. 하지만 너희 학생 녀석들이 그걸 알 턱이 있나? 건방이나 떨고. 장래에 그 건달들처럼……"

"짐작이 가기는 하지만 맞을지는 모르겠어요. 제 생각엔, 그애들이 말한 게 '올드 풀old fool'인 것 같아요."

"아아, 그렇다! 그거야. 그애들이 말한 게 그 소리였어. '어두푸례'. 그게 무슨 뜻이냐. 너도 그 녀석들과 한패니까 알 거 아니냐?"

"뜻은, 뜻은 저도 몰라요."

"무슨 소리야! 날 속이는 거군. 다 똑같은 말종이야!"

"밥 먹는 사람한테는 벼락도 치지 않는다는데, 당신 오늘 왜 이렇게 성질을 부려요. 밥 먹으면서까지 이 사람 저 사람 욕이나 하고. 어린애들이 뭘 안다고." 쓰밍의 아내가 갑자기 끼어들었다.

"뭐라고?" 쓰밍이 말을 받으려다 그녀의 움푹 들어간 두 볼이 팽팽해지고 안색까지 변한데다 세모꼴 눈이 무섭게 빛나기까지 하는 기색을 보고 얼른 말을 바꾸었다. "내가 화를 내는 게 아니라 쉐청한테 도리를 가르치는 것뿐이라고."

"애가 당신 마음속을 어떻게 알겠어요?" 그녀가 더욱 기세를 높였다. "저애가 그런 이치를 알았으면 벌써 등불을 들고 가서 그 효녀를 찾아왔게요. 다행히 당신이 그 여자를 생각해서 이렇게 비누를 하나 사 오지 않았어요. 가서 하나 더 사면……"

"닥쳐! 그건 그 건달들이 말한 거야."

"안 그런 것 같은데요. 비누를 한 개 더 사다 그 아이를 빠득빠득 씻겨서 잘 모시면 세상이 태평해질 텐데요, 뭐."

"뭐라고? 그게 무슨 상관이야? 난 당신이 비누가 없는 게 생각나서……"

"왜 상관이 없어요. 당신이 그 효녀 주려고 특별히 샀으니 이제 빠득빠득 씻기면 될 거 아녜요. 나한테 어디 어울리기나 해요? 난 필요 없어요. 그 효녀 덕을 보고 싶지도 않고요."

"그게 무슨 말이야? 여자들이란……" 쓰밍이 말을 더듬거렸다. 얼굴에선 쉐청이 팔괘권 연습을 하고 났을 때처럼 땀이 흘렀다. 절반은 너무 뜨거운 것을 먹은 탓일 게다.

"우리 여자들이 어째서요? 우리 여자들이 당신네 남자들보다 훨씬 낫지요. 당신네 남자들은 열여덟아홉 살 먹은 여학생을 욕하지 않으면 열여덟아홉 살 먹은 거지 아가씨 칭찬이나 늘어놓는데 그게 다 무슨 꿍꿍이겠어요. '빠득빠득'이라니, 정말 꼴불견이야."

"내가 아까 말했잖아? 그건 건달들이 한 말이라고……"

"쓰밍 선생!" 바깥 어둠 속에서 갑자기 크게 부르는 소리가 들렸다.

"다오퉁 선생이신가? 내 곧 감세." 쓰밍은 자신을 부르는 사람이 목소리 크기로 유명한 허다오퉁임을 알고는 대사면을 받은 사람처럼 기뻐하며 소리쳤다. "쉐청아, 어서 촛불을 켜 밝게 하고 허 아저씨를 서재로 모셔라!"

쉐청이 초에 불을 붙이고 다오퉁을 서쪽 서재로 안내했다. 부웨이위안도 뒤를 따랐다.

"직접 마중나가지 못해 미안허이." 쓰밍이 아직도 밥을 오물거리며 두 손을 모아 인사하면서 말했다. "변변치 않지만 안으로 들어와 식사라도……"

"벌써 먹었네." 웨이위안이 다가와 두 손을 모으고 인사하며 말했다. “우리가 이 밤에 달려온 건 이풍문사移風文社에서 하는 제 18회 공모에 보낼 글의 제목을 정하기 위해서일세. 내일이 열이레잖나?”

“어! 오늘이 열엿새인가?” 쓰밍이 놀라며 말했다.

“이것 보게, 이렇게 정신을 놓다니!” 다오퉁이 큰 소리로 말했다.

“그럼 오늘밤 중으로 신문사에 보내 그 사람들더러 반드시 내일 실어달라고 해야겠군.”

“산문의 제목은 내가 생각해놓았네. 어떤지 보시게. 쓸 만한지 말이야.” 다오퉁이 말하면서 손수건으로 쌌던 쪽지 하나를 꺼내 그에게 건넸다.

쓰밍이 촛불 앞으로 가서 쪽지를 펼치고 한 자씩 읽어갔다.

“〈전 국민의 뜻을 모아 경전을 중히 여기고 맹모를 숭상하여 퇴폐풍조를 바로잡고 국수國粹를 보존하기 위하여 대총통 각하께서 특별 명령을 반포하여주시길 청원하는 글〉이라. 아주 좋군. 하지만 글자 수가 너무 많지 않을까?”

“괜찮네!” 다오퉁이 큰 소리로 말했다. “내가 세어봤어. 광고비도 더 안 들겠고. 그런데 시의 제목은?”

“시?” 쓰밍이 갑자기 엄숙한 태도로 말했다. “실은 나한테 하나 있긴 한데, 효녀가歌일세. 실제로 있는 일이니 그녀를 표창할 겸. 오늘 내가 시내에 나갔는데……"

"아아, 그건 안 되네." 웨이위안이 급히 손을 저으며 그의 말을 잘랐다. "나도 보았는데, 아마 타향 사람일 거야. 나도 그 여자 말을 못 알아듣고 그 여자도 내 말을 못 알아들으니 도대체 어디 사람인지도 알 수가 없네. 다들 그 여자를 효녀라고 말하기는 하지만, 시를 지을 줄 아느냐고 물었더니 고개를 젓더라고. 시를 쓸 줄 알면 좋았을 텐데."

"하지만 충효는 대의이니 시를 짓지 못한다 해도……"

"그건 안 되네. 어떻게 되겠나." 웨이위안이 손바닥을 펴들고 쓰밍을 향해 잇달아 흔들고 바투 다가오며 힘주어 말했다. "시를 지을 줄 알아야 재미가 있지."

"우리," 쓰밍이 그를 밀치며 말했다. "이 제목으로 하고 설명을 덧붙여 신문에 내세. 첫째는 그 여자를 표창할 수 있고, 둘째는 이를 통해 사회를 비판할 수 있어. 요즘 사회가 말이 아니네. 내가 옆에서 한참을 지켜보았는데 돈 한 푼 주는 사람이 없더군. 양심이라곤 전혀 없는 거 아닌가……"

"하하, 쓰밍 선생!" 웨이위안이 다시 다가오며 말했다. "참으로 중 앞에서 대머리 욕하는 격이군. 에둘러 비난하다니. 나도 돈을 주지 않았네. 몸에 지닌 게 없었거든."

"깊이 생각할 거 없네, 웨이위안 선생." 쓰밍이 다시 그를 밀치며 말했다. "당신을 말하는 게 아니라 다른 사람들을 두고 말하는 걸세. 내 말 좀 들어보게. 그 여자 앞에 많은 사람이 몰려들었는데 조금도 존경하는 마음이 없고 놀리기만 하더군. 건달 둘은 아주 멋대로였어. 한 녀석이 대놓고 말했지. '아파, 저 계집 더럽다고 생각하지 마. 데리고 가서 비누 두 개 사가지고 온몸을 빠득빠득 씻기면 끝내준다고!' 생각해보게, 이게……"

"하하하! 비누 두 개라!" 다오퉁이 갑자기 큰 목소리로 웃음을 터뜨렸다. 옆에 있는 사람들의 귀가 얼얼할 정도였다. "얼른 자네도 사게. 하하, 허허허!"

"다오퉁 선생, 다오퉁 선생, 그만 시끄럽네." 쓰밍이 깜짝 놀라 당황해하며 말했다.

"빠득빠득이라, 하하!"

"다오퉁 선생!" 쓰밍의 안색이 어두워졌다. "우리가 지금 중요한 일을 얘기하는데 무슨 그런 헛소리요. 정신이 다 없소. 어떤가, 이 두 제목으로 정하고 바로 신문사에 보내세. 내일 실어달라고. 그건 자네 둘에게 수고를 끼칠 수밖에 없겠네."

"좋네, 좋아. 당연하지." 웨이위안이 바로 승낙했다.

"허헛, 빠득빠득 씻겨서…… 히히……"

"다오퉁 선생!" 쓰밍이 화를 내며 소리쳤다.

그 일갈에 다오퉁이 웃음을 멈추었다. 그들은 작품 설명을 작

“하하하! 비누 두 개라!” 다오퉁이 갑자기 큰 목소리로 웃음을 터뜨렸다.
옆에 있는 사람들의 귀가 얼얼할 정도였다.

성하고 이를 웨이위안이 편지지에 옮겨 쓴 다음 다오퉁과 함께 신문사로 향했다. 쓰밍이 촛대를 들고 문 앞까지 배웅하고 대청 앞으로 돌아왔다. 마음이 어쩐지 편하지 않아서 잠시 머뭇거리다 문지방을 넘어 안으로 들어갔다. 방에 들어서자 맨 먼저 눈에 들어온 것은 방 한가운데의 탁자 위에 놓인 그 조그맣고 네모난 연두색 비누 포장지였다. 포장 가운데 금박 글자가 등불에 흔들리면서 빛났고 그 주위로 작은 꽃무늬가 있었다.

슈얼과 자오얼이 탁자 아래 바닥에서 놀고 있었다. 쉐청은 오른쪽에 앉아 사전을 뒤적이고 있었다. 등불에서 가장 멀리 떨어진 어두운 곳, 등이 높은 의자에 앉아 있는 아내가 맨 마지막으로 눈에 들어왔다. 등불에 비친 아내의 딱딱한 얼굴엔 어떤 감정도 드러나지 않았다. 딱히 무엇을 응시하고 있지 않았다.

"빠득빠득이라고, 뻔뻔해, 정말 뻔뻔해……"

쓰밍은 슈얼이 그의 등뒤에서 조그맣게 이런 말을 하는 소리를 듣고 고개를 돌렸지만 아이는 미동 없이 그대로 앉아 있을 뿐이었다. 그저 자오얼만이 조막만한 손가락으로 자기 얼굴을 긁고 있었다.

몸 둘 데가 마땅치 않아진 그가 촛불을 끄고 마당으로 나갔다. 조심성 없이 왔다갔다하는 바람에 암탉과 병아리들이 다시 꼬꼬댁꼬꼬댁, 삐악삐악 울음을 터뜨렸다. 그는 얼른 발소리를 죽여

멀찌감치 떨어졌다. 한참이 지나 대청의 등이 침실로 옮겨졌다. 하얀 구름 사이로 조금도 이지러지지 않은 옥쟁반 같은 달이 떠 있고, 마당은 달빛으로 가득차 기운 곳 하나 없는 하얀 비단을 깔아놓은 듯했다.

쓰밍은 몹시 슬펐다. 효녀처럼 '하소연할 데 없는 백성' 신세 같았고 의지할 데 없이 외로웠다. 그는 그날 밤 아주 늦게 잠자리에 들었다.

그런데 이튿날 아침에 보니 비누는 이미 사용된 상태였다. 그날 평소보다 늦게 일어난 그는 세면대에 고개를 숙이고 목을 씻는 아내의 모습을 볼 수 있었다. 비누 거품이 대게 입의 물거품처럼 양쪽 귀 뒤쪽으로 크게 부풀어 있었다. 전에 쥐엄나무씨를 쓸 때 얇은 거품만 나던 것과 천양지차였다. 그후 아내의 몸에서는 늘 올리브 향기와 비슷하지만 딱 잘라 말할 수 없는 향이 났다. 이후 반년쯤 지났을까. 갑자기 향이 바뀌었다. 맡아본 사람들은 다들 단향목 향인 것 같다고 했다.

1924년 3월 22일

장명등

長明燈

흐린 봄날의 오후였다. 지광촌에서 유일한 찻집 안의 공기에 다시금 긴장감이 돌았다. 사람들 귀에 작게 가라앉은 소리가 여전히 들리는 듯했다.

"저거 꺼!"

물론 온 마을 사람들이 다 그런 건 아니었다. 이 마을 주민들은 그다지 외출을 하지 않았다. 걸핏하면 먼저 책력을 보고 그 날짜에 '외출에 적당하지 않다'고 적혀 있는지 살폈다. 그렇게 쓰여 있지 않더라도 외출할 때는 길운을 맞기 위해 복신이 있는 방향을 먼저 거쳐갔다. 그런 금기에 구애받지 않고 찻집에 앉아 있는 사람은 활달하다고 자부하는 젊은이 몇 명뿐이었는데, 집안에만 칩거하는 사람들 눈에는 다들 집을 말아먹을 자식들이었다.

지금도 분명 이 찻집 안의 공기에는 긴장감이 흐르고 있다.

“아직도 그런가?” 세모 얼굴이 찻잔을 들며 물었다.

“아직도 그렇대.” 네모 머리가 말했다. “아직도 ‘저거 꺼, 저거 꺼’라고 떠들고 갈수록 안광이 세진대. 귀신이 곡할 노릇이지! 이건 우리 마을의 큰 재앙이야. 자네 이걸 하찮은 일이라고 여겨선 안 돼. 방법을 찾아서 그자를 없애버려야 한다고!”

“없애는 일쯤이야 아무것도 아니지. 그자는 기껏해야…… 뭐 별거람? 사당을 지을 때 그자 할아버지가 돈을 냈는데, 지금 그자는 장명등을 끄라고 하니. 호래자식 아냐? 우리 현에 가서 불효죄로 보내버리세.” 흥분한 쿼팅이 주먹을 쥐고 탁자를 치면서 말했다. 비스듬히 덮여 있던 찻잔 뚜껑이 쨍그랑 소리와 함께 뒤집어졌다.

“그건 안 돼. 불효죄로 보내려면 부모나 외숙이 나서야 한다고……” 네모 머리가 말했다.

“안타깝게도 그자한테는 큰아버지뿐이잖아……” 쿼팅은 바로 풀이 죽었다.

“쿼팅!” 네모 머리가 갑자기 소리를 질렀다. “자네 어제 놀음판에서 운이 좋았지?”

쿼팅은 눈을 크게 뜨고 그를 쳐다볼 뿐 대답은 하지 않았다. 얼굴이 통통한 좡치광이 목청을 높이며 떠들기 시작했다.

"등을 꺼버리면 우리 지광촌이 무슨 꼴이 되겠어? 끝장나는 거 아니야? 어르신들이 다들 그러잖아. 그 등은 양무제* 때 불을 밝힌 이래 지금까지 한 번도 끄지 않고 이어져온 거라고. 장발적** 이 반란을 일으켰을 때도 꺼지지 않았고…… 보라고, 쳇, 불빛이 저렇게 파랗게 타고 있잖아? 길 가던 외지인들이 여길 지나다 등을 보고는 다들 칭찬하잖아…… 쳇, 얼마나 좋아…… 지금 그자가 난리인 건 무슨 심보야?"

"그 사람 미쳤잖아? 아직도 몰라?" 네모 머리가 깔보는 듯한 표정으로 말했다.

"흥, 퍽이나 똑똑하시네!" 좡치광의 얼굴색이 바로 변했다.

"내 보기에는 예전 방법으로 그 사람을 속이는 게 좋을 거 같아." 후이우 아주머니였다. 찻집 주인이자 종업원인 그녀가 옆에서 가만히 듣고 있다가, 어째 돌아가는 모양이 자신의 관심사에서 멀어진다 싶자 얼른 끼어들어 말머리를 원래대로 돌린 것이다.

"예전 방법이 뭔데요?" 좡치광이 궁금해하며 물었다.

"그자가 전에도 한번 발광한 적이 있잖아. 지금처럼 말이야.

---

* 중국 남북조시대 양나라의 초대 황제.

** 중국 청나라 말기의 가톨릭교도 홍수전을 필두로 한 반란 무리. 변발을 풀고 장발을 한 데서 유래한 말.

그때는 그자 아버지가 살아 있을 때였는데, 아들에게 속임수를 써서 낫게 했지."

"어떻게 속였는데요? 우리가 왜 모르죠?" 좡치광이 더욱 의아해하며 물었다.

"자네들이 어떻게 알겠어? 그때 자네들은 젖이나 먹고 오줌이나 싸던 어린애였다고. 나만 해도 그땐 이렇지 않았는데. 그땐 이 손도 정말 고왔는데……"

"지금도 고우세요." 네모 머리가 말했다.

"썩을 놈!" 후이우 아주머니가 눈을 흘기며 웃었다. "헛소리 마, 진지한 얘기 하는데. 그자도 그때는 젊었어. 그자 아버지도 미친 증세가 좀 있었고. 한번은 그자 할아버지가 사당에 그를 데려가 토지신과 역병신과 왕령관王靈官에게 절을 시켰더니 무서워하며 끝내 절을 하지 않고 도망쳐버렸다는 거야. 그때부터 조금 이상해진 거지. 그뒤로 꼭 지금처럼 사람만 보면 사당 본전에 있는 장명등을 꺼야 한다고 하더래. 그자 말이 불만 끄면 해충도 큰 병도 없어진다는 거야. 세상에서 제일 중요한 일처럼 말했다지. 잡귀가 붙어서 진짜 신을 보면 무서웠던 게야. 우리야 토지신을 봐도 어디 무서운가? 자네들 차 다 식지 않았어? 뜨거운 물 좀 부어줄까? 그자가 나중에는 직접 뛰어들어갔지. 불을 끄겠다고 말이야. 그런데도 그자 아버지가 아들을 얼마나 끔찍이 여겼는지 가둘 생각을 하지 않았어. 헛, 그래서 나중에는 온 마을 사람들이 화가 나 그자 아버지하고 시비가 붙었잖은가? 그래도 소용없었어. 그때는 다행히 우리집 죽은 귀신*도 아직 살아 있을 때라 방법을 생각해냈지. 장명등을 두꺼운 솜이불로 둘러서 깜깜하게 만든 뒤 그자를 데려가 불을 껐다고 말하자고 했지."

"흐음, 그거 참 좋은 생각이네." 세모 얼굴이 한숨을 쉬며 말했다. 감탄스럽다는 눈치였다.

"뭐하러 그런 수선을 피워." 쿼팅이 씩씩거리며 말했다. "그런 물건은 그저 패 죽이면 그만이야. 흥!"

"어떻게 그래?" 후이우 아주머니가 놀라서 그를 쳐다보고는 연신 손을 저으며 말했다. "그건 안 돼, 그자 할아버지가 도장을 쥐고 있던 사람**인 거 몰라?"

쿼팅과 패거리는 서로를 쳐다보며 '죽은 귀신'의 묘책 말고는 다른 방법이 없겠다고 생각했다.

"나중에 바로 좋아졌다니까?" 그녀가 손등으로 입가의 거품을 닦으며 아까보다 더 빠르게 말했다. "나중에 깨끗하게 좋아졌어. 그후로 다시는 사당에 들어가지도 않고 그 말을 입에 올리

---

* 이 마을의 거친 여자들은 자신의 죽은 남편을 간혹 이렇게 불렀다. (원주)

** 실권을 쥔 관료였다는 뜻. (원주)

지도 않았다고. 여러 해 동안 말이야. 그런데 무슨 영문인지 제사 지내는 걸 보고 며칠이 지나지 않아 다시 발광을 한 거야. 거참, 예전하고 똑같이 말이야. 오후에 여기를 지나갔으니 틀림없이 또 사당으로 올라갔을 거야. 자네들이 쓰 나리와 의논해서 다시 속임수를 쓰는 게 좋을 것 같아. 그 등은 양오제*가 켠 것 아냐? 그 등이 꺼지면 여기는 바다로 변하고 우리는 다 미꾸라지가 된다잖아? 어서 가서 쓰 나리와 의논해봐, 그러지 않으면……"

"이러지 말고 우리 먼저 사당으로 가보자고." 네모 머리가 이렇게 말하며 씩씩하게 찻집 문을 열고 나갔다.

쿼팅과 좡치광도 따라나섰다. 맨 뒤에 선 세모 얼굴이 문 앞에 이르자 고개를 돌리고 말했다.

"이건 내 앞으로 달아놔요. 저 사람들 것도……"

후이우가 그러겠다고 하고는 동쪽 벽으로 가서 숯을 집어들었다. 그러고는 벽에 작은 삼각형과 짧고 가는 선들이 그려져 있는 곳 밑에 두 줄을 더 그었다.

사당이 보이는 곳에 이르자 과연 몇 사람이 모여 있었다. 한 사람은 바로 그자였고, 둘은 구경꾼, 셋은 아이들이었다.

---

* 중국어로 양무제(梁武帝)와 양오제(梁五弟)의 발음이 같아 잘못 말하고 있다.

사당 문은 꼭 잠겨 있었다.

“다행이다. 문이 그대로 잠겨 있어.” 쿼팅이 기뻐하며 말했다.

그들이 다가가자 아이들도 용기가 생겼는지 가까이 와서 주변을 에워쌌다. 사당 문을 마주하고 서 있던 그자가 고개를 돌려 그들 무리를 쳐다보았다.

여느 때와 같이 각지고 누런 얼굴에 허름한 파란 저고리 차림이었다. 다만 짙은 눈썹 밑의 크고 긴 눈은 이상한 광채를 띠고 있었다. 한참이나 깜빡이지 않고 사람을 쳐다볼 때면 그 눈에는 슬픔과 두려움이 보였다. 그자의 짧은 머리에 지푸라기가 두 가닥 꽂혀 있었다. 아이들이 몰래 등뒤에서 꽂은 모양이었다. 아이들이 그자의 머리를 보며 목을 움츠리고 혀를 내밀면서 웃는 걸 보고 알 수 있었다.

그들은 걸음을 멈추고 서서 서로 얼굴만 쳐다보았다.

“자네 지금 뭐하는 거야?” 마침내 세모 얼굴이 한 걸음 다가가 따지듯 물었다.

“라오헤이한테 문 열어달랬어.” 그자가 낮은 목소리로 부드럽게 말했다. “그 불은 꼭 꺼야 한다고. 머리 세 개에 팔이 여섯 개 달린 파란 얼굴, 눈이 세 개, 긴 모자, 절반뿐인 머리, 소머리와 돼지 이빨을 보라고, 꼭 꺼버려야 해. ……꺼야 해. 꺼야 메뚜기도 사라지고 돼지열병도 없어……”

그들은 걸음을 멈추고 서서 서로 얼굴만 쳐다보았다.

"허허, 헛소리하고 있네!" 쿼팅이 경멸하듯 웃었다. "자네가 등을 끄면 메뚜기는 더 많아질 거고, 자네도 돼지열병에 걸릴걸!"

"허허." 좡치광도 따라 웃었다.

웃통을 벗은 아이 하나가 가지고 놀던 갈대를 그자에게 겨누며 앵두 같은 조그만 입으로 말했다.

"빵!"

"자네 그만 돌아가. 안 그러면 자네 큰아버지가 뼈를 분질러버릴 거야! 불은 내가 대신 끄지. 며칠 뒤에 와서 보면 알 거야." 쿼팅이 큰 소리로 말했다.

그자의 두 눈이 더욱 번쩍거리며 못을 박듯이 쿼팅의 눈을 쏘아보았다. 쿼팅이 얼른 눈길을 피했다.

"당신이 꺼?" 그자가 비웃음을 띠며 단호하게 말했다. "안 돼! 당신들은 필요 없어. 내가 직접 할 거야. 지금 당장 끌 거라고!"

쿼팅은 막 술이 깬 사람처럼 힘없이 기가 꺾였다. 그러자 네모머리가 앞으로 나서서 천천히 말했다.

"자네도 사리를 아는 사람 아닌가. 이건 너무 멍청한 짓이야. 내가 설명하면 자네도 충분히 이해할 수 있을 거네. 등불을 꺼도 그런 것들은 그대로일 거야. 멍청하게 굴지 말고 돌아가. 가서 잠이나 자라고!"

"나도 알아, 등을 꺼도 그대로일 거라는 걸." 그자가 갑자기

음험한 웃음을 짓다가 바로 거두고 엄숙하게 말했다. "그래도 나는 그렇게 할 수밖에 없어. 내가 나서야 조금 쉬워지거든. 내가 기어이 끄고 말 거야. 내가!" 그자가 이렇게 말하며 몸을 돌려 있는 힘껏 사당 문을 밀었다.

"이봐!" 쿼팅이 화를 냈다. "자네도 여기 사람이잖아? 지금 우리를 미꾸라지로 만들려고 그래? 썩 꺼져! 자넨 문 못 열어. 문을 열 방법도 없고, 등불도 끌 수 없다고. 어서 꺼져!"

"난 안 가! 등불을 꺼야 해!"

"안 돼! 자네는 문 못 열어!"

"……"

"자넨 못 열어!"

"그럼 다른 방법을 쓰지." 그자가 고개를 돌려 그들을 쓱 보더니 가라앉은 목소리로 말했다.

"흥, 무슨 다른 방법이 있는지 보자고."

"……"

"무슨 다른 방법이 있는지 보자고!"

"불을 지를 거야."

"뭐?" 쿼팅은 자신이 잘못 들은 건가 싶었다.

"불을 지를 거라고!"

맑은 종소리의 긴 여운처럼 침묵이 흘렀고, 주위의 살아 있는 것들이 그 속에서 얼어붙었다. 하지만 곧장 몇 사람이 머리를 맞대는가 싶다가 이내 다시 흩어졌다. 두세 명은 조금 떨어진 곳으로 물러섰다. 좡치광이 사당 담장 밖에서 소리를 질렀다.

"라오헤이, 큰일났어! 사당 문 꽉 잠그라고! 라오헤이, 알아들었어? 꽉 잠그라고! 우린 가서 방법을 찾아볼 테니까!"

하지만 그자는 다른 일을 조금도 신경쓰지 않는 듯했다. 그저 불타는 듯한 눈빛으로 땅과 허공, 사람들을 빠르게 훑어나갔다. 불씨라도 찾는 것처럼.

네모 머리와 쿼팅이 몇 집의 대문을 들락거리자 지광촌이 갑자기 소란스러워졌다. 사람들의 귀와 마음에 무서운 소리가 들렸다. "불을 지를 거야!" 물론 집안 깊숙이 칩거하는 사람들의 귀와 마음에는 아무것도 들리지 않았다. 하지만 온 마을의 공기에 긴장감이 돌았고, 자신들이 미꾸라지로 변하는 건 아닌지, 세상이 여기서 끝나는 건 아닌지 불안해했다. 당연히 끝장나는 건 지광촌뿐이라는 점을 그들도 어렴풋이 알고 있었으면서 지광촌을 세상 전부인 양 생각했다.

이 사건의 핵심인물들이 얼마 지나지 않아 쓰 나리의 응접실에 모였다. 상석에 앉은 사람은 나이가 많고 덕망이 높은 궈라오와였다. 바람에 마른 귤처럼 주름진 얼굴의 그가 마치 뽑기라도 하려는 듯 하얀 턱수염을 쓸어내렸다.

"오전에," 그가 수염에서 손을 떼고 천천히 말했다. "마을 서쪽에 사는, 라오푸의 아들이, 말하더군, 제 아버지가, 중풍에 걸린 건, 토지신이, 불안해하기 때문이라고. 그런바, 장차, 만에 하나, 하다못해, 닭이나 개만 성치 않아도, 다들 이리로 달려올 거네. ……그래, 다들 이 집으로 와서, 귀찮게 할 거야."

"그렇군요." 쓰 나리가 코밑의 희끗희끗한 메기수염을 꼬면서 전혀 개의치 않는다는 듯 태연하게 말했다. "그것도 그 아비의 업보이지요. 살아 있을 때 부처님을 안 믿었잖소? 그때도 나하고 사이가 좋지 않았소. 하지만 그를 조금도 어찌할 수가 없었다오. 그런데 지금 와서 나한테 무슨 방법이 있겠소?"

"내 생각에는, 딱 한 가지, 방법이 있네. 그래, 한 가지. 내일, 그자를 묶어가지고 성으로 끌고 간 후, 거기 그 성황당에, 하룻밤 처박아두는 거야. 그래, 하룻밤 두고서, 귀신을 몰아내는 거지."

쿼팅과 네모 머리가 마을의 안전을 지킨 공로를 인정받아, 평소 쳐다보기도 어려운 이 응접실에 처음 들어와 궈라오와보다는 아래지만 쓰 나리보다는 윗자리에 앉아 차까지 마시고 있었다. 그들은 궈라오와를 따라 들어와 보고한 뒤 그저 차만 마셨고, 다 마시고는 입도 뻥긋하지 않았다. 그런데 그때 쿼팅이 갑자기 의견을 내놓았다.

"그 방법은 너무 늦어요! 지금 두 사람이 지키고 있다고요. 가장 필요한 건 당장 조치를 취하는 겁니다. 진짜로 불을 지르기라도 하면……"

궈라오와가 놀라서 아래턱을 약간 떨었다.

"정말로 불을 질러버리면……" 네모 머리가 끼어들어 말했다.

"그럼," 쿼팅이 큰 소리로 말했다. "큰일이지요!"

머리가 노란 여자아이가 와서 차를 다시 따랐다. 쿼팅이 말을 멈추고 바로 찻잔을 들고 마셨다. 온몸을 부르르 떨더니 찻잔을 내려놓고 혀를 내밀어 윗입술을 핥고는 찻잔 뚜껑을 열고 후후 불었다.

"정말 골칫거리군!" 쓰 나리가 손으로 탁자 위를 가볍게 두드리면서 말했다. "그런 인간은 죽어야 해! 흠!"

"맞아요. 죽어야 합니다." 쿼팅이 고개를 들었다. "작년에 롄거좡에서도 그런 인간을 하나 때려죽였대요. 다들 약속을 하고 한날한시에 함께 손을 쓰기로 했지요. 누가 제일 먼저 때렸는지 알 수 없게요. 나중에 아무 일도 없었대요."

"그건 그거고." 네모 머리가 말했다. "지금 사람들이 지키고 있단 말입니다. 한시바삐 방법을 찾아야 해요. 내 생각에는……"

궈라오와와 쓰 나리가 진지하게 그의 얼굴을 쳐다보았다.

"내 생각에는 그자를 가두는 것이 나을 성싶습니다."

"그것도 적절한 방법이네." 쓰 나리가 가만히 고개를 끄덕였다.

"적절하다마다요." 쿼팅이 말했다.

"그것, 참으로, 적절한, 방법이야." 귀라오와가 말했다. "우리, 지금, 그자를 이 집으로 끌고 오자고. 이 집에, 얼른, 방 하나, 준비해. 그리고, 자물통도, 준비하고."

"방이라고요?" 쓰 나리가 고개를 들고 잠시 생각하더니 말했다. "집에 그런 남는 방은 없소. 그자가 언제 좋아질지도 모르는 마당에……"

"그럼, 그, 그자네 방을 쓰세……" 귀라오와가 말했다.

"우리집 류순이가," 쓰 나리가 문득 진지하고 슬프게 말했다. 목소리도 약간 떨렸다. "올가을에 장가를 가는데…… 여러분도 알다시피 류순이 나이가 그리 많아도 그저 발광할 줄만 알지 가정을 이루어 가업을 이을 생각을 안 하고 있소. 내 동생인 그 아비도 저세상 사람이 되었고, 생전에 제 몫을 다하진 못했지만 그대로 제삿밥까지 끊기게 할 순 없는 노릇이고……"

"그야 그렇지요!" 세 사람이 이구동성으로 말했다.

"류순이가 아들을 낳으면 그중 둘째를 그자에게 양자로 보낼 생각이오. 하지만, 남의 아들을 거저 받을 수 있겠소?"

"안 되지요!" 세 사람이 이구동성으로 말했다.

"이런 낡은 집구석은 나하고 상관없소. 류순이도 그런 데 관심

없고. 하지만 자기가 낳은 아이를 다른 사람에게 주는 것은 어미 될 사람 입장에서 보자면 그리 흔쾌하지는 않은 일 아니오?"

"그야 그렇지요!" 세 사람이 이구동성으로 말했다.

쓰 나리는 침묵했다. 세 사람은 서로 얼굴만 쳐다보았다.

"나는 날마다 그자가 좋아지기만을 바랐소." 쓰 나리가 잠시 침묵한 뒤 천천히 말을 이었다. "하지만 좋아지지 않더군. 게다가 좋아지려고 하지도 않았소. 이제 방법이 없으니 저 사람이 말한 대로 가둡시다. 남들에게 해를 끼치지도 않고, 그 아비를 욕보일 일도 없을 테니 차라리 잘된 일일 수도 있소. 그 아비에게 면목이 설 수 있으니까……"

"그야 그렇지요." 쿼팅이 감동한 듯 말했다. "하지만 가둘 방이……"

"사당에 빈방이 없나?" 쓰 나리가 굼뜨게 물었다.

"있어요!" 쿼팅이 문득 생각났다는 듯 말했다. "있어요! 대문으로 들어가서 서쪽에 있는 방 하나가 비었어요. 조그만 사각 창만 하나 있는데 굵은 각목으로 창살이 되어 있어서 절대 빠져나올 수 없어요. 안성맞춤이죠!"

궈라오와와 네모 머리가 돌연 희색을 띠었고, 쿼팅도 안도의 숨을 내쉬며 입술을 뾰쪽하게 내밀고 차를 마셨다.

해질녘이 채 되기도 전에 세상은 벌써 태평해졌다. 어쩌면 모든 것을 잊어버렸는지도 모른다. 사람들의 얼굴에서 불안한 기색이 사라지고 종전의 기쁜 흔적도 사라졌다. 사당 앞에는 사람들의 발길이 당연히 보통 때보다 많았지만 조금 지나자 뜸해졌다. 그동안 사당 대문을 며칠째 잠가놓아서 아이들이 들어가 놀지 못했는데, 이날은 마당에 들어가 실컷 재미있게 놀 수 있었다. 몇몇 아이들은 저녁을 먹은 뒤에도 사당으로 달려가 수수께끼 놀이를 했다.

"알아맞혀봐." 가장 큰 아이가 말했다. "한번 더 말해줄게."

하얀 지붕 배, 빨간 노를 저어
맞은편 강기슭에서 잠시 쉬고
요기를 좀 하고는
노래 한 곡을 부르네

"그게 뭐야? '빨간 노'라는 게?" 여자아이가 물었다.

"내가 말해줄게. 그건……"

"가만있어봐!" 머리에 부스럼이 핀 아이가 말했다. "내가 맞힐게. 나룻배야."

"나룻배 맞아." 웃통을 벗은 아이도 말했다.

"뭐, 나룻배?" 가장 큰 아이가 말했다. "나룻배는 노를 젓지. 그게 어떻게 노래를 부를 수 있어? 다 틀렸어. 내가 말해줄게……"

"가만있어봐" 부스럼 머리가 말했다.

"흥, 넌 못 맞혀. 내가 말해줄게. 그건 거위야."

"거위!" 여자아이가 웃으며 말했다. "빨간 노가."

"그럼 하얀 지붕 배는 뭔데?" 웃통을 벗은 아이가 물었다.

"불을 지를 거야!"

아이들이 깜짝 놀랐지만 이내 그자를 떠올리고 다들 서쪽 방을 쳐다보았다. 한쪽 손으로 나무창살을 잡고 다른 손으로 나무껍질을 뜯는 그 사이로 두 눈이 번쩍거렸다.

순간 침묵이 흐르다 부스럼 머리가 갑자기 소리를 지르며 냅다 뛰었다. 나머지 아이들도 웃고 떠들며 뛰어나갔다. 웃통을 벗은 아이가 갈대로 뒤쪽을 겨누고 씩씩거리며 앵두 같은 작은 입으로 낭랑하게 소리쳤다.

"빵!"

그런 뒤 사방이 온통 정적에 휩싸였다. 어둠이 내려앉자 파랗게 타오르는 장명등이 신전과 감실을 환하게 비추었고, 마당과 [illegible] 안쪽의 어둠까지 비추었다.

사당 [illegible]으로 뛰어나온 아이들이 다시 모여 손을 잡고 천천히 자신들의 집을 향해 걸어갔다. 웃으며 멋대로 지은 노래를 부르면서.

하얀 지붕 배, 맞은편 강기슭에서 잠시 쉬고
당장 불을 꺼라, 네게 불을 꺼라
노래 한 곡 부르자
불을 지를 거야! 하하하!
불불불, 요기를 좀 하고는
노래 한 곡을 부르네
....
....
......

1925년 3월 1일

가오 선생

高老夫子

이날 아침부터 오후까지 그는 거울을 보거나 『중국 역사 교과서』와 『원료범강감』*을 뒤적이며 시간을 다 보냈다. 인생이란 글을 알게 되면서 우환이 시작된다더니 문득 세상일에 불만이 생겼다. 더구나 이런 불만은 그가 여태껏 경험해보지 못한 것이었다.

우선, 지난날의 부모가 자녀에게 너무 관심이 없었다는 생각이 들었다. 그는 어렸을 때 뽕나무에 올라가 오디를 따먹는 걸 좋아했는데 부모가 그냥 내버려두었다. 한번은 나무에서 떨어져 머리가 깨졌는데 치료를 제대로 하지 않았고, 그 결과 지금까지

* 『요범강감』을 말한다. 명나라 원황이 주희의 역사서 『자치통감강목』에서 선별해 엮은 책이다.

왼쪽 눈썹 위에 쐐기 모양 상처 자국이 남아 있다. 지금은 머리를 길게 길러서 좌우로 가른 뒤 비스듬하게 빗어내려 억지로 가리기는 하지만 쐐기 모양의 뾰쪽한 부분은 여전히 눈에 띄었다. 이것도 약점이 될 수 있어 여학생들이 본다면 무시당할 게 뻔했다. 그는 거울을 내려놓고 원망스러운 한숨을 내쉬었다.

다음은 『중국 역사 교과서』 편찬자가 교사의 입장을 전혀 생각하지 않은 점이 불만스러웠다. 그 책은 『요범강감』과 일치하는 부분도 있지만 많은 부분이 달랐다. 같은 듯도, 그렇지 않은 듯도 해서 학생들을 가르치려고 보면 어떻게 연결시켜야 할지 알 수 없었다. 그러다 교과서에 끼인 쪽지를 보고는 중도에 일을 그만둔 역사 선생이 원망스러웠다. 쪽지에 이렇게 적혀 있었기 때문이다.

“제8장 「동진의 흥망」부터 시작.”

그 선생이 삼국시대까지 진도를 나가지 않았다면 그가 수업 준비를 하느라 이 정도까지 고생하지는 않았을 것이다. 그가 가장 환하게 알고 있는 부분이 삼국시대였기 때문이다. 세 사람의 도원결의는 물론이고, 제갈공명이 화살을 빼앗은 일이나 주유를 세 번 화나게 한 일, 황충이 정군산에서 하후연을 죽인 일 등 다른 사건들도 얼마든지 알고 있어서 한 학기를 수업해도 다 모자랄 정도였다. 당나라 시기만 해도 진경이 말을 파는 일화 등이 있어 나름대로 자신 있는데, 하필 동진일 게 무엇인가? 그는 다시 원망이 담긴 한숨을 내쉬며 『요범강감』을 집어들었다.

"헛, 밖에서 보는 것도 모자라 집안에 틀어박혀서 보고 있나?"

말소리와 동시에 등뒤에서 손 하나가 나와 그의 턱을 건드렸다. 하지만 그는 꿈쩍도 하지 않았다. 목소리나 거동으로 봐서 마작 친구 황싼이 슬그머니 들어왔다는 걸 알았기 때문이다. 황싼은 그의 오랜 친구로, 일주일 전만 해도 함께 마작을 하고 연극을 보고 술을 마시고 여자를 좇아다녔다. 하지만 그가 〈대중일보〉에 「중화국민은 모두 국사 정리의 의무가 있음을 논함」이라는 명문을 발표해 여러 사람들의 입에 오르내리고, 이어 셴량여학교의 초빙서를 받은 뒤로는 이 황싼이라는 친구가 아무 재주도 없고 형편없는 인간으로 여겨졌다. 그래서 그는 고개도 돌리지 않은 채 굳은 표정으로 무뚝뚝하게 대답했다.

"헛소리는 집어치워! 나 지금 수업 준비하고 있어……"

"자네가 라오보한테 직접 말하지 않았던가? 선생이 된 건 여학생들이 보고 싶어서라며?"

"라오보의 헛소리를 믿는 거야!"

황싼이 옆에 앉아 책상을 힐끔 보더니 거울과 널브러진 책들 사이에서 펼쳐져 있는 붉은 쪽지를 발견했다. 황싼은 쪽지를 집어들고 눈을 크게 뜨고서 한 자씩 읽어갔다.

초빙서

가오얼추 선생님을 본교 역사 교사로 초빙함.

매주 네 시간, 시간당 일금 은화 삼십 전으로 하며

시수에 따라 계산하기로 약정함.

중화민국 13년 음력 9월 초하루

셴량여학교 교장 허완수전

"'가오얼추 선생'? 누구야? 자네야? 이름 바꿨나?" 황싼이 쪽지를 보고 다급히 물었다.

가오 선생은 그저 거만하게 웃을 뿐이었다. 그는 분명 개명을 했다. 황싼은 그저 마작만 할 줄 알았지 지금도 신학문이나 신예술에는 관심이 없었다. 러시아의 대문호 고리키도 모르는 사람한테 개명을 한 심오한 뜻을 어떻게 알아듣도록 설명할 것인가? 그래서 그저 거만하게 웃을 뿐 별다른 대답을 하지 않았다.

"어이, 라오간, 이런 재미없는 놀이 그만하세!" 황싼이 초빙서를 내려놓으며 말했다. "여기에 남학교가 하나 생겼지 않은가. 풍기가 엉망이라네. 그자들이 여학교도 연다고 하니 장차 무슨 꼴이 되려는지 모르겠어. 자네가 뭐하러 거기에 끼려고 그래, 그럴 필요가 있나?"

"꼭 그렇지만도 않네. 게다가 허 부인이 부디 와달라고 해서 거절할 수도 없었고……" 황싼이 학교를 헐뜯는데다 손목시계를 보니 벌써 2시 30분으로 수업시간까지 삼십 분밖에 남지 않아 그는 약간 화가 났고 다급한 기색까지 드러냈다.

"알았네! 그건 그만두세." 눈치가 빠른 황싼이 바로 화제를 바꾸며 말했다. "일 얘기나 함세. 오늘밤에 우리 한판 벌여야지. 마오자촌의 마오쯔푸 큰아들이 풍수장이에게 묏자리를 봐달라고 왔는데, 수중에 현금 200위안을 갖고 있어. 밤에 모이기로 벌써 약속했다네. 나하고 라오보, 그리고 자네야. 꼭 와야 하네. 절대 망치면 안 된다고. 우리 셋이 그자를 벗겨 먹는 거야!"

라오간—아니 가오 선생—은 머뭇거리며 끝내 입을 열지 않았다.

"자네 꼭 와야 해. 꼭! 난 라오보하고 한번 상의해볼 테니까. 장소는 예전처럼 우리집이네. 그 바보는 초짜야. 우리가 틀림없이 벗겨 먹을 수 있어. 대나무 무늬가 뚜렷한 마작패 좀 내주게!"

가오 선생이 천천히 일어나 침대맡으로 가서 마작상자를 집어 그에게 건넸다. 손목시계를 보니 2시 40분이었다. 그는 속으로 황싼이 재주는 있지만 자신이 선생이 된 걸 분명히 알면서도 대놓고 학교를 헐뜯고 게다가 수업 준비까지 방해하는 건 해서는 안 될 짓이라고 생각했다. 그래서 쌀쌀맞게 말했다.

"밤에 다시 얘기하세. 나 수업 가야 하네."

이렇게 말하면서 그는 『요범강감』을 못마땅한 듯 쓱 보고 교과서를 집어 새 가방에 넣은 다음 조심스레 새 모자를 쓰고 황싼과 문을 나섰다. 그는 문을 나서자마자 성큼성큼 걸음을 뗐다. 목수가 비비송곳을 돌리듯 어깨를 흔들며 곧장 걸었고 얼마 안 되어 황싼은 그림자도 보이지 않았다.

가오 선생은 셴량여학교에 도착하자마자 새로 찍은 명함을 등이 굽은 늙은 수위에게 건넸다. 잠시 후 "안으로 드시지요"라는 소리가 들렸고, 그는 등이 굽은 노인을 따라 모퉁이를 두 번 돌아 교사 휴게실이자 응접실인 곳으로 갔다. 허 교장은 학교에 없었다. 그를 맞은 사람은 수염이 희끗희끗한 교무부장이었다. 그 유명한 완야오푸. '옥황향안리'라는 아호를 쓰는 그는 최근 〈대중일보〉에 선녀와 주고받은 시 「선단수창집」을 연재중이었다.

"아아! 추 공公이시군요. 뵙게 되어 영광입니다!" 완야오푸가 연신 공수를 하면서 무릎이라도 꿇으려는 듯 무릎 관절과 다리 관절을 대여섯 번이나 잇달아 굽혔다.

"아아! 야오푸 공! 뵙게 되어 영광입니다……" 추 공이 가방을 끼고 따라 하면서 말했다.

그러고서 그들은 자리에 앉았다. 산송장 같은 사환이 뜨거운 물 두 잔을 들고 왔다. 가오 선생은 맞은편 벽시계를 보았다. 아직 2시 40분이었다. 그의 손목시계보다 삼십 분이나 느렸다.

"아! 추 공의 대작, 그래요, 뭐더라…… 맞아요, 그 「중국 국수 의무론」은 정말 핵심을 찌른 글입니다. 몇 번을 읽어도 좋더군요. 정말 소년들의 좌우명으로 삼을 만합니다. 좌우명이요, 좌우명. 저도 문학을 좋아합니다만, 그저 심심풀이 정도라 추 공에게 비할 바가 아니지요." 그가 다시 공수를 하면서 목소리를 낮추어 말했다. "우리의 성덕신령회*에서는 날마다 선녀를 초대합니다. 저도 가서 시를 창화하곤 하지요. 추 공도 한번 왕림하시지요. 신령회를 주관하는 선녀가 예주선자이신데, 말투가 흡사 하늘에서 내려온 화신花神 같습니다. 유명인사들과 시를 창화하길 몹시 즐기고 신당에도 찬성하십니다. 분명 그분도 추 공 같은 학자를 환영할 겁니다. 하하하!"

하지만 가오 선생은 이에 대해 어떤 고상한 의견을 내놓을 처지가 아니었다. 수업 준비—동진의 흥망—도 부족했는데 지금은 그 부족한 내용조차 거의 잊히고 있었기 때문이다. 초조하고 괴로웠다. 심란한 가운데 여러 생각이 떠올랐다. 교단에서 자세

---

* 모여서 길흉을 점치는 미신 활동의 일종. 나무로 된 틀에 목필(木筆)을 매달고, 그 아래 모래판을 두어 신이 내려 목필이 움직이면 모래판에 쓰여진 기호나 글자를 읽어 길흉을 점친다.

는 위엄이 있어야 한다. 이마의 흉터는 반드시 가려야겠고, 교과서는 천천히 읽어야 하며 학생들을 볼 때는 자연스러워야 한다. 이런 생각을 하는 와중에 어렴풋이 야오푸의 말이 드문드문 들려왔다.

"……올방개 하나를 내려주셔서…… '취하여 푸른 난조를 타고 창공에 오르노라.' 얼마나 초탈적입니까? 등샤오 공은 다섯 번이나 간청하여 겨우 오언절구 한 수를 받았지요…… '붉은 소매가 은하수를 스치니, 말하지 말라……' 추 공은 처음이시니…… 저기가 우리 학교 식물원입니다!"

"예예!" 그는 야오푸가 손을 들어 가리키는 것을 보고서야 뒤엉켜 있던 생각에서 깨어나 그 손가락이 향한 곳을 보았다. 창밖에 조그만 공터가 있었고 나무가 네댓 그루 심겨 있었다. 맞은편은 세 칸짜리 단층 건물이었다.

"저기가 교실입니다." 야오푸가 손가락을 조금도 옮기지 않은 채 말했다.

"예예!"

"학생들은 순합니다. 수업시간 외에는 온통 바느질에 매진하지요……"

"예예!" 그는 정말 다급해져서 정신을 온전히 집중해 어서 동진의 흥망사를 기억해낼 수 있도록 그가 말을 그만했으면 싶었다.

"학생 중에 몇 명이 시 쓰는 걸 배우고 싶어합니다만 안타깝게도 안 될 일이지요. 유신을 하는 것도 좋지만 시를 쓰는 건 여염집 규수에겐 어울리지 않지요. 예주선자도 여성들이 공부하는 것에 그리 찬성하지 않습니다. 남녀유별을 어지럽히고 하늘도 좋아하는 바가 아니라고 생각하지요. 저도 그분과 몇 번 토론을 했는데……"

얼추가 갑자기 벌떡 일어섰다. 종소리를 들은 것이다.

"아닙니다, 아녜요. 앉으시지요! 저건 끝나는 종입니다."

"야오푸 공께서도 공사가 다망하실 테니 이제 그만 볼일 보시지요."

"아닙니다. 아녜요! 바쁘지 않습니다. 바쁘지 않아요! 저도 여성들이 공부하도록 장려하는 게 세계적 조류임을 알지만 자칫 잘못하면 극단에 빠질 수 있다고 생각합니다. 하늘이 좋아하지 않는 것도 미리 문제의 싹을 자르겠다는 뜻일 겁니다. 일 처리가 인심을 얻고 불편부당하고 중용에 맞고 우리 민족의 유산대로 이뤄진다면 결코 폐단에 빠지는 일은 없을 겁니다. 추 공, 어때요. 그렇지 않나요? 예주선자가 '취할 바가 없지 않다'고 한 말씀이 바로 이거지요. 하하하핫!"

사환이 다시 뜨거운 물 두 잔을 가져왔다. 종이 한번 더 울렸다.

야오푸가 그에게 뜨거운 물을 두어 모금 권하더니 천천히 일어나 그를 안내해 식물원을 가로질러 교실로 들어갔다.

그는 가슴이 뛰었다. 교단 옆에 붓처럼 꼿꼿하게 서자 교실 절반을 가득 채운 덥수룩한 머리들만 눈에 들어왔다. 야오푸가 저고리 주머니에서 편지지를 꺼내 펼쳐 보면서 학생들에게 말했다.

"이분이 가오 선생, 가오얼추 선생입니다. 유명한 학자이지요. 「중화국민은 모두 국사 정리의 의무가 있음을 논함」이라는 그 유명한 글을 다들 알고 있지요? 〈대중일보〉에서는 이렇게 소개했었지요. 가오 선생은 러시아의 문호 고리키를 흠모해 자를 '얼추'로 바꿔 경이를 표하였고, 이런 인물이 나온 건 우리 중국 문단의 행운이다! 허 교장선생님께서 수차례 간청한 끝에 고맙게도 우리 학교에 와 역사를 가르치게 되었습니다……"

불현듯 조용하다는 느낌이 들어서 보니 야오푸는 보이지 않고 자신만 교단 옆에 서 있었다. 그는 교단으로 올라가 인사하고 마음을 가다듬었다. 그리고 위엄 있는 모습을 보여야 한다는 애초의 다짐을 떠올리며 천천히 교과서를 펴고 「동진의 흥망」을 수업하기 시작했다.

"히힛!" 누가 뒤에서 웃는 것 같았다.

가오 선생은 이내 얼굴이 화끈거려 얼른 교과서를 보았다. 그가 말한 대로 분명 '동진의 편안*'이라고 적혀 있었다. 책 너머로 보이는 건 교실 절반을 채운 덥수룩한 머리뿐, 다른 움직임은

야오푸가 저고리 주머니에서 편지지를 꺼내 펼쳐 보면서 학생들에게 말했다.
"이분이 가오 선생, 가오얼추 선생입니다. 유명한 학자이지요."

없었다. 그는 자기가 공연히 의심한 것 아닌가 생각했다. 아무도 웃고 있지 않았기 때문이다. 그래서 다시금 정신을 가다듬고 책을 주시하며 천천히 설명을 해나갔다. 처음에는 자신이 하는 말이 자기 귀에 들렸으나, 점점 흐릿해지더니 결국 무슨 말을 하는지 알 수 없는 지경이 되었다. '석륵의 웅대한 계획'을 가르칠 때는 그저 키득키득 몰래 웃는 소리만 들릴 뿐이었다.

그는 자기도 모르게 교단 아래쪽을 쳐다보았다. 벌써 처음과는 상황이 달라져 있었다. 눈동자들이 교실 절반을 채우고 있고, 깜찍한 이등변삼각형도 널려 있는데 삼각형마다 콧구멍이 두 개씩 있었다. 이것들이 하나가 되어 흡사 깊은 바다처럼 번쩍거리며 거세게 그의 눈을 때렸다. 그가 힐끔 보자 갑자기 번쩍하더니 다시 교실 절반이 덥수룩한 머리로 바뀌었다.

그는 황급히 눈길을 거두었다. 교과서에서 다시 눈을 뗄 엄두가 나지 않았다. 어쩔 수 없을 때면 눈을 들어 천장을 보았다. 천장의 하얀 석회는 누렇게 변했고 그 중앙에는 둥근 자국이 볼록하게 나 있었다. 그런데 그 둥근 자국이 꿈틀거리더니 갑자기 커졌다 작아졌다 하면서 그의 눈을 어지럽혔다. 눈길을 아래로 옮기자니 눈과 콧구멍으로 이루어진 그 무서운 바다를 만날 것 같

---

* 중원을 잃고 일부 지방에 안거함을 만족해함.

아 이러지도 저러지도 못하고 이내 교과서에만 눈길을 두었다. 그러는 동안 어느새 '비수 전투'에서 부견이 '초목조차 적병으로 보여서' 놀라는 대목에 이르렀다.

여럿이 뒤에서 키득키득 웃는 것 같았지만 꾹 참고 수업을 계속했다. 분명 한참을 한 것 같은데도 종이 울리지 않았다. 학생들이 우습게 여길 것 같아 손목시계도 볼 수 없었다. 그래서 다시 한참을 수업했고 '탁발씨족의 발흥'까지 나아갔다. 그다음은 '여섯 나라 흥망표'였다. 오늘 이렇게까지 진도가 나갈 줄 모르고 준비하지 않은 부분이었다.

그는 불현듯 자신이 수업을 멈추었다는 걸 깨달았다.

"오늘은 첫날이니 여기까지……" 잠시 당황한 그는 더듬더듬 말을 마치고 고개를 끄덕이며 교단을 내려와 이내 교실 문을 나섰다.

"히히힛!"

등뒤에서 많은 학생들이 웃는 소리가 들리는 것 같았고, 그 웃음소리가 깊은 콧구멍의 바다에서 나오는 장면이 보이는 듯했다. 그는 넋이 나간 채 식물원으로 들어갔다 맞은편 교사 휴게실로 성큼성큼 걸어갔다.

이윽고 깜짝 놀란 그가 『중국 역사 교과서』까지 바닥에 떨어뜨렸다. 갑자기 뭔가가 이마를 때렸기 때문이다. 뒤로 두 발 물러나 앞을 살펴보니 잎이 무성한 나뭇가지가 비스듬히 뻗은 채 그 앞을 가로막고 있었다. 그의 머리에 부딪힌 나뭇잎이 가늘게 떨리고 있었다. 그가 책을 집으려고 얼른 허리를 굽히는데 책 옆에 나무팻말이 세워져 있고 이렇게 쓰여 있었다.

뽕나무
뽕나무과

등뒤에서 많은 학생들이 웃는 소리가 들리는 것 같았고, 그 웃음소리가 깊은 콧구멍의 바다에서 나오는 장면이 보이는 듯했다. 벌써 아파오는 머리를 문지르기도 멋쩍어진 그는 교사 휴게실로 뛰어들어갔다.

그곳에는 뜨거운 물이 담긴 컵 두 개만 그대로 놓여 있을 뿐 산송장 같은 사환과 야오푸는 보이지 않았다. 사방이 어두운 가운데 그의 새 가방과 새 모자만 빛나고 있었다. 벽의 자명종을 보니 겨우 3시 40분이었다.

가오 선생은 집에 돌아온 지 한참이 지나서도 이따금 온몸이 갑자기 달아오르고 이유 없이 화가 치밀었다. 그래서 학교는 참으로 나쁜 기풍을 조성하여서, 차라리 폐쇄하는 게 낫고, 여학교는 더욱 그러하다는 생각이 들었다. 그게 뭣들하는 짓인가. 다들 허영스러워서!

"히힛!"

키득거리는 소리가 아직도 들리는 것 같았다. 그래서 한층 화가 치밀었고 일을 그만두어야겠다는 결심도 더욱 굳어졌다. 저녁에라도 허 교장에게 편지를 써서 발이 아프다고 할 셈이었다. 그런데 만류하면 어떻게 하나? 그래도 안 갈 것이다. 여학교가 무슨 꼴이 될지 모르는 판에 왜 그 여자들과 한패가 되어 고생을 해야 하나? 차마 못할 노릇이다. 그는 이렇게 생각했다.

그래서 그는 결연히 『요범강감』을 치우고, 거울도 한쪽으로 밀쳐두고, 초빙서도 덮어버렸다. 자리에 앉으려다 빨간 초빙서가 몹시 눈에 거슬려서 그걸 집어 『중국 역사 교과서』와 함께 서랍 속에 넣어버렸다.

모든 걸 다 처리하니 책상에 거울만 남았다. 눈앞이 한결 깨끗했다. 하지만 여전히 개운하지 않았다. 절반쯤 넋이 나간 것 같았다. 그 순간 뭔가가 떠오른 그는 빨간 리본이 달린 가을모자를 쓰고 황싼네 집으로 향했다.

"왔군, 가오얼추 선생 나으리!" 라오보가 큰 소리로 말했다.

"헛소리 집어치워!" 그가 이마를 찌푸린 채 라오보의 머리를 한 대 치며 말했다.

"수업은 했나? 어땠나? 반반한 인물이 좀 있던가?" 황싼이 열심히 물었다.

"다시는 가르치러 안 갈 거네. 여학교가 정말 무슨 꼴이 될지 모르겠어. 우리 같은 점잖은 사람은 차마 어울리지 못할 데야……"

마오자네 큰아들이 들어왔다. 새알심처럼 통통했다.

"아아, 존함은 익히 들었습니다!" 방에 모인 사람들이 다들 두 손을 모으고 인사했고, 무릎 관절과 다리 관절을 연신 구부려 꿇어앉기라도 할 것 같았다.

"이분이 전에 말씀드린 가오간팅 형입니다." 라오보가 가오 선생을 가리키며 마오자네 큰아들에게 소개했다.

"네! 존함은 익히 들었습니다!" 마오자네 큰아들이 두 손을 모은 채 특별히 가오 선생에게 연신 고개 숙여 인사했다.

방 왼편에는 진작부터 네모난 탁자가 비스듬히 놓여 있었다. 황싼이 손님들을 부르면서 심부름하는 여자아이와 함께 자리와 마작패를 준비했다. 얼마 뒤 탁자 귀퉁이마다 가느다란 서양 촛불이 켜졌고 네 사람이 모두 자리에 앉았다.

조용했다. 자단목 탁자에 마작패 부딪히는 소리만이 초저녁의 정적 속에서 맑게 울렸다.

가오 선생은 패가 나쁘지 않았지만 아직도 마음이 편치 않았다. 원래 뭐든 쉽게 잊는 사람이었지만 유독 이번만은 세상 돌아가는 게 끝내 걱정되었다. 자기 앞에 패가 계속 늘어나도 좀처럼 마음이 편해지거나 즐겁지가 않았다. 하지만 시간이 흐르면 풍속도 변하는 법, 언젠가는 세상 풍속도 좋아지리라는 생각이 들었다. 시간이 꽤 지나 벌써 두 판이 끝나고, 그의 패가 '청일색'으로 맞추어지려 할 때였다.

1925년 5월 1일

고독자
孤獨者

1

돌이켜보면 나와 웨이롄수의 만남은 특이했다. 장례로 시작해서 장례로 끝났기 때문이다.

그때 나는 S성에 살았는데, 사람들이 그의 이름을 거론하는 걸 자주 들었다. 다들 그를 이상한 사람이라고 했다. 동물학을 공부했는데 중학교에서 역사를 가르쳤고, 다른 사람과 잘 어울리지 않으면서도 남의 일에 시시콜콜 끼어들기를 좋아했다. 가족을 해체해야 한다는 말을 입에 달고 다니면서도 월급을 받으면 단 하루도 늦는 법 없이 곧장 자기 할머니에게 돈을 보냈다고 했다. 이것 말고도 자잘한 일화들이 여럿 있었다. 요컨대 그는 S성에서 사람들 입에 자주 오르내리는 인물이었던 셈이다. 어느 해 가을, 나는 한스산의 친척집에 머문 적이 있다. 그 집안의 성도 웨이로, 렌수와 종친이었다. 하지만 그 집 사람들은 그를 몰랐고, 외국인 대하듯 하면서 "우리하고는 다른 사람"이라고 말했다.

그도 그럴 것이 중국에 학교라는 게 생긴 지 벌써 이십 년이 넘었는데 한스산에는 아직 초등학교도 없었다. 산골을 통틀어 외지로 유학을 간 학생이 렌수 혼자여서 마을 사람들 눈에는 별종으로 보일 수밖에 없었다. 그러면서도 그가 돈을 많이 벌었다며 부러워하기도 했다.

늦가을에 산골에 이질이 돌았다. 불안해진 나도 성으로 돌아가고 싶었다. 그때 사람들이 말하길, 렌수의 할머니가 이질에 걸렸는데 나이가 많아 위중하다고 했다. 산골이라 의사도 한 명 없었다. 렌수에게 가족이라 할 사람은 할머니뿐이었고, 할머니는 식모를 하나 두고 간소하게 살고 있었다. 어려서 부모를 잃은 그는 할머니 손에 자랐다. 예전에 할머니는 갖은 고생을 다 했지만 이제는 편안하게 산다고 했다. 다만 렌수한테 처자식이 없으니 집안이 무척 적적할 수밖에 없었고, 이것이 사람들이 그를 두고 뭔가 다르다고 하는 이유 가운데 하나였을 것이다.

한스산은 시내에서 육로로 100리, 물길로도 70리였다. 사람을 보내 렌수를 불러오더라도 적어도 왕복으로 나흘은 걸렸다.

외딴 산골에서 이런 일은 다들 관심을 갖는 큰 사건이었다. 이튿날 노인의 병세가 위급해졌고, 그제야 사람을 보냈다는 말이 돌았다. 하지만 노인은 사경*에 숨을 거두었다. 노인의 마지막 말은 "왜 롄수를 안 보여주는 거야?"였다고 한다.

문중의 어른과 가까운 친척, 할머니의 친정 식구들과 할일 없는 사람들이 방안에 모여 롄수가 언제쯤 도착할지를 따져보았다. 입관할 때나 되어야 올 거라고들 했다. 수의와 관도 미리 준비해놓아서 새로 마련할 필요가 없었다. 이들에게 가장 큰 문제는 이 '승중손'에게 어떻게 대처해야 할지였다. 그가 오면 틀림없이 모든 장례 절차를 신식으로 바꾸리라고 예상했기 때문이다. 의논 끝에 그들은 그가 꼭 따라야 할 3대 조건을 대강 정했다. 첫째, 흰 상복을 입을 것. 둘째, 무릎을 꿇고 절할 것. 셋째, 스님이나 도사를 청해 불사를 행할 것. 한마디로 전부 옛날 방식을 따르라는 것이었다.

그들은 이렇게 의견을 모으고 롄수가 도착하는 날에 대청 앞에 모여 진을 치고 서로 뜻을 모아 모질게 담판을 짓기로 했다. 마을 사람들은 침을 삼키면서 잔뜩 호기심에 부풀어 소식을 기다렸다. 그들은 롄수가 '서양 교육 물을 먹은' '신당'으로 도리

---

* 새벽 한시에서 세시 사이.

같은 건 모르는 사람이니 아무래도 양쪽이 싸울 수밖에 없을 테고, 그러면 기상천외한 구경거리가 될지도 모른다고 생각했다.

들리는 말로는 렌수가 오후에 집에 도착했고, 문안으로 들어서자마자 할머니의 영전에 허리만 한 번 굽혔다고 했다. 그 즉시 문중 어른들이 계획대로 그를 대청으로 불렀다. 먼저 일장 연설을 하고 본론으로 들어갔다. 이래야 한다느니 저래야 한다느니 한마디씩 하면서 그가 대꾸할 기회를 주지 않았다. 다들 할말을 마치자 대청은 침묵으로 가득찼다. 사람들은 겁먹은 듯 그의 입만 주시했다. 렌수는 표정 하나 변하지 않고 간단히 대답했다.

"모두 그렇게 하지요."

전혀 예상하지 못한 대답이었다. 다들 마음의 짐을 덜었는데도 오히려 더 무거워진 것 같고, 이 상황이 너무 '이상'하게 느껴져 도리어 걱정이 되었다. 소식을 궁금해하던 마을 사람들도 실망한 채 입에서 입으로 얘기를 전하며 말했다. "거참 이상하네! 분명 '모두 그렇게 하지요' 했단 말이야? 어디 한번 가보세!" 모두 그렇게 하겠다는 말은 옛날 방식을 따르겠다는 뜻이니 예상처럼 기상천외한 구경거리가 못 되었지만 사람들은 그 모습을 기어이 봐야겠다며 날이 어두워지자 들떠서 초상집으로 몰려들었다.

나 역시 구경하러 간 사람 중 한 명이었고, 가기 전에 먼저 향과 초를 한 벌 보냈다. 그 집에 갔을 때 렌수는 망자에게 수의를 입히고 있었다. 직접 본 그는 키가 작고 마른 체격에 각진 얼굴이었다. 덥수룩한 머리, 짙은 수염과 눈썹이 얼굴의 반을 차지했으며, 두 눈동자만이 어둠 속에서 빛을 발했다. 얼마나 정연하게 수의를 입히는지 입관을 전문으로 하는 사람 같아 옆에서 보던 이들의 탄성이 터졌다. 한스산의 오랜 관습에 따르면 이런 때에 으레 무슨 이유로든 외갓집 식구들이 트집을 잡곤 했다. 하지만 그는 트집을 잡히는 대로 그저 묵묵히 따르며 표정 하나 흐트러지지 않았다. 내 앞에 서 있던 백발이 성성한 할머니가 부러워하며 감탄을 금치 못했다.

다음에는 배례를 하고, 그다음엔 곡을 했다. 여자들이 모두 경을 읊조렸다. 다음에는 입관, 그리고 배례를 했다. 다시 시작된 곡은 관뚜껑에 못질을 할 때까지 계속되었다. 이어 한순간 무거운 정적이 흘렀다. 사람들이 갑자기 술렁였다. 이상하게 여기며 놀라고 못마땅해하는 분위기였다. 나도 불현듯 느껴지는 게 있었다. 렌수가 시종 눈물 한 방울 흘리지 않은 채 그저 멍석에 앉아 어둠 속에서 두 눈동자만 빛내고 있었던 것이다.

놀라고 못마땅한 분위기 속에서 입관은 끝났다. 다들 씩씩거리면서 흩어질 기미였다. 하지만 렌수는 여전히 멍석에 앉아 생각에 잠겨 있었다. 그러다 갑자기 눈물을 떨어뜨렸고, 이어서 소

놀라고 못마땅한 분위기 속에서 입관은 끝났다. 다들 씩씩거리면서
흩어질 기미였다. 하지만 렌수는 여전히 멍석에 앉아 생각에 잠겨 있었다.

리를 지르며 울부짖었다. 상처 입은 이리가 깊은 밤 광야에서 울부짖는 것 같았다. 참혹한 슬픔에 분노와 비애가 섞여 있었다. 이런 광경은 경험한 적 없었던 터라 예방할 수도 없었기에 다들 속수무책이었다. 머뭇거리기만 하다 몇 사람이 다가가 그를 달랬고, 점점 더 많은 사람이 다가가 나중에는 한 무리가 되었다. 그런데도 그는 그저 오뚝하니 앉아 울부짖을 뿐 철탑처럼 꿈쩍도 하지 않았다.

다들 싱거워하며 흩어지는 수밖에 없었다. 롄수는 울고 또 울고 거의 반시간을 울다 갑자기 멈추더니 문상객들에게 인사도 없이 곧장 집안으로 들어갔다. 엿보러 갔던 사람이 와서 말하기를, 할머니가 쓰던 방으로 들어가 침대에 누워 바로 곯아떨어진 것 같다고 했다.

이틀 뒤, 내가 성으로 돌아가기 전날이었다. 마을 사람들이 귀신이라도 만난 것처럼 수군거렸다. 롄수가 집안 세간 대부분을 불태워 할머니에게 바쳤다고 했다. 그리고 할머니가 살아 계셨을 때 시중을 들고 임종을 지켰던 식모에게 남은 살림들을 주면서 기한 없이 살도록 집까지 내주었다는 것이다. 일가친척들이 입에 침이 마르도록 말렸지만 끝내 그를 막지 못했다고 했다.

호기심이 주된 이유였지만 나는 돌아가는 길에 그 집 앞을 지나면서 조문도 할 겸 들렀다. 롄수가 옷깃의 올을 감치지 않은 상복을 입고 나왔는데 표정은 여전히 차가웠다. 내가 위로의 인사를 건넸으나 그는 그저 응하며 한마디할 뿐이었다.

"호의에 감사드립니다."

2

우리가 세번째 만난 건 그해 초겨울 S성의 한 서점에서였다. 둘이 동시에 인사를 했으니 서로 아는 사이라고 할 수 있었다. 하지만 가까워진 건 그해 말 내가 실직한 뒤였다. 그때부터 자주 롄수를 보러 갔다. 첫째는 할일이 없어서였고, 둘째는 그가 성격은 차가워도 실의에 빠진 사람에게는 잘해준다는 말을 들어서였다. 하지만 세상일에 부침이 정해져 있지 않듯 실의에 빠진 사람도 영원히 그러라는 법은 없어서 그와 오랫동안 사귀는 친구는 무척 적었다. 이런 소문은 과연 빈말이 아니었고, 내가 명함을 보내자 바로 만나주었다. 방 두 칸을 터서 만든 거실에는 별다른 장식이 없었다. 책상과 의자, 그리고 책꽂이가 놓여 있을 뿐이었다. 다들 그가 무서운 '신당'이라고 했지만 책꽂이에는 신식 책이 그리 많지 않았다. 그는 내가 실직한 사실을 알고 있었다. 의례적인 인사말이 끝나자 주인과 손님이 말없이 마주한 분위기가 점차 무거워졌다. 나는 그가 담배 한 개비를 급하게 피우다 꽁초에 손가락이 타들어갈 무렵에야 바닥에 던지는 모습을 그저 보고만 있었다.

"피우시지요." 그가 손을 뻗어 두번째 담배를 집으며 불쑥 말했다.

나도 담배 한 개비를 피우며 가르치는 이야기, 책 이야기를 했다. 하지만 분위기는 여전히 무거웠다. 그만 가려는데 문밖에서 떠드는 소리와 발소리가 나더니 남녀 아이 넷이 뛰어들어왔다. 큰 아이는 여덟아홉 살, 작은 아이는 네댓 살쯤 되어 보였다. 손이며 얼굴이며 옷까지 더러운데다 생긴 것도 영 밉살스러웠다. 하지만 롄수의 눈에서는 곧 기뻐하는 빛이 흘러나왔다. 그가 바로 일어나 거실 옆방으로 가며 말했다.

"다랑아, 얼랑아, 이리 와라! 어제 너희들이 조르던 하모니카 사놨단다."

아이들이 우르르 쫓아들어갔다가 제각각 하모니카를 불면서 한 명씩 나왔다. 그런데 거실로 나오자마자 어쩐 일인지 싸우기 시작했다. 한 아이가 울었다.

"한 사람당 하나야. 다 똑같아요. 싸우면 안 돼!" 뒤따라오던 그가 당부했다.

"웬 애들이 이렇게 많아요?" 내가 물었다.

"주인집 애들이에요. 엄마가 없고 할머니뿐이죠."

"집주인이 홀몸인가요?"

"네. 처가 죽은 지 삼사 년쯤 되었지요. 재혼도 안 했고요. 안 그럼 남는 방을 나 같은 독신에게 세 주겠습니까." 그가 말하면서 차가운 미소를 머금었다.

왜 지금껏 독신이냐고 묻고 싶었지만 그 정도로 잘 아는 사이는 아니기에 끝내 입을 떼지 못했다.

알고 보니 롄수는 말이 통하는 사람이었다. 그는 토론하기를 즐겼고 매우 기발한 의견을 내놓을 때도 많았다. 견딜 수 없었던 건 그를 찾아오는 손님 몇몇이었다. 그들은 『타락』*을 읽은 모양인지 시도 때도 없이 자신을 '불행한 청년'이니 '잉여인간'이니 하며 게처럼 느리고 오만하게 커다란 의자에 웅크려앉아 한숨을 푹푹 내쉬거나 이마를 찌푸리며 담배를 피웠다. 게다가 주인집 아이들도 늘 서로 싸우고 밥그릇과 접시를 깨고 먹을 것을 달라고 조르며 정신 사납게 굴었다. 하지만 롄수는 그 아이들을 보기만 하면 쌀쌀하던 평소 모습과는 달리 자기 목숨보다 더 소중히 대했다. 한번은 싼량이 홍역을 앓았는데, 그렇지 않아도 까무잡잡한 그의 얼굴이 잿빛이 될 정도로 애를 태웠다고 한다. 다행히

* 중국 작가 위다푸(郁達夫)의 소설로, 당대 젊은이들에게 큰 인기를 얻었다.

병이 생각보다 심하지 않았고, 후에 아이들 할머니가 그가 애를 태우던 일을 농담거리로 퍼뜨렸다고 했다.

"그래도 아이들은 언제나 착해요. 늘 천진하고……" 그도 내가 조금 성가셔하는 걸 눈치챘는지 어느 날 기회를 타서 말했다.

"다 그런 건 아니지요." 나는 그저 되는대로 대답했다.

"아니에요. 어른들의 고약한 성질이 아이들에겐 없어요. 나중에 나빠지는 것이지요. 당신이 평소에 늘 비판하는 나쁜 점은 환경 때문에 변한 겁니다. 원래는 나쁘지 않고 천진해요…… 내가 중국에 그래도 희망이 있다고 생각하는 이유가 바로 이런 점 때문입니다."

"아니에요. 아이들에게 나쁜 싹이나 뿌리가 없는데 어떻게 커서 나쁜 꽃이 피고 나쁜 열매가 열리겠어요? 씨앗만 해도 안에 가지와 잎, 꽃과 열매가 될 배아가 들어 있기 때문에 자라서 그런 것들이 나오는 거지요. 아무 이유 없이 그런 게 어디 있겠습니까……" 그 당시 나는 할일이 없어서 고관 나리들이 하야한 뒤 채식을 하며 선禪에 대해 떠드는 것처럼 불경을 읽던 참이었다. 당연히 불교의 이치라곤 모르는 처지면서 거리낌없이 멋대로 떠든 것이다.

롄수는 화가 나서 나를 노려보기만 할 뿐 더는 입을 열지 않았다. 할말이 없어서 그런 건지 아니면 반박할 가치가 없어서 그런 건지 짐작이 되지 않았다. 한동안 보지 못했던 냉랭한 모습으로 말없이 담배 두 개비를 잇달아 피울 뿐이었다. 그가 세 개비째를 피우려 할 때 나는 도망가는 수밖에 없었다.

그렇게 쌓인 감정은 석 달이 지나고야 풀렸다. 반은 망각 덕분이고 반은 그 자신도 '천진'한 아이들에게 원수 취급을 당해 내가 아이들을 모욕했던 말을 어느 정도 이해할 수 있다고 느꼈던 것 같다. 그러나 이건 나의 추측에 불과하다. 그때 우리는 내 거처에서 술을 마시고 있었는데, 그가 고개를 반쯤 들며 조금 슬퍼 보이는 표정으로 말했다.

"생각해보면 정말 이상해요. 여기로 오는 길에 아주 어린 꼬마를 봤어요. 갈댓잎으로 나를 가리키며 죽인다! 하더라고요. 아직 걸음도 제대로 못 떼는 아이인데 말입니다……"

"환경이 그렇게 망친 겁니다."

나는 바로 후회했다. 하지만 그는 신경쓰지 않는다는 듯 술만 마시며 간간이 담배를 피웠다.

"물어보려던 게 있었는데 깜빡했네요." 나는 화제를 바꾸며 얼버무렸다. "남을 잘 찾아가지 않는 사람이 오늘은 웬일로 이렇게 왔습니까? 우리가 안 지 일 년이 넘었지만 당신이 나 사는 곳에 온 건 처음이네요."

"그렇지 않아도 말하려고 했습니다. 당분간 우리집에 오지 마세요. 꼴 보기 싫은 어른 하나하고 아이 하나가 있거든요. 사람 같지 않은."

"어른 하나하고 아이 하나요? 누군데요?" 나는 좀 의아했다.

"내 사촌형하고 그 아들이에요. 참나, 아이가 아비하고 똑같아요."

"당신을 보러 성에 나온 김에 놀다 가겠답니까?"

"아녜요. 나하고 의논할 게 있어서 왔다고는 하는데 그 아이를 내 양자 삼게 하려고 온 겁니다."

"예? 양자를 삼다니요?" 나도 모르게 놀라서 외쳤다. "아직 결혼도 안 했잖아요?"

"내가 결혼하지 않으리라는 걸 그 사람들도 압니다. 하지만 이건 그들에겐 상관없는 일이죠. 한스산에 있는 낡은 집을 상속받으려는 속셈이거든요. 그것 말고 나한테 아무것도 없다는 걸 당신도 알잖아요. 돈은 손에 들어오기 무섭게 다 써버리는 법이니까요. 그 낡은 집 하나밖에 없어요. 그 사람들 평생의 숙원사업이 지금 살고 있는 나이든 식모를 몰아내는 겁니다."

쌀쌀한 그의 말투에 내가 다 오싹해졌다. 그의 마음을 풀어주고자 내가 말했다.

"아무리 그래도 친척인데 그 정도는 아니겠지요. 생각이 고루해서 그럴 뿐일 겁니다. 전에 초상 때 당신이 슬피 울자 그 사람들이 에워싸고 열심히 달래주기도 했고요……"

"내 부친이 돌아가셨을 때도 우리집을 빼앗으려고 나더러 문서에 지장을 찍으라고 했고, 내가 슬피 울자 그 사람들이 에워싸고 애써 달래주었어요……" 위쪽을 물끄러미 쳐다보는 그의 모습이 마치 허공에서 그때의 광경을 찾는 것 같았다.

"어쨌든 문제는 당신한테 아이가 없다는 거네요. 왜 결혼을 안 하는 겁니까?" 이렇게 문득 화제를 돌렸다. 예전부터 물어보고 싶기도 했고, 지금이 적기로 보였다.

그가 놀라서 나를 쳐다보았다. 잠시 후 시선을 자기 무릎 쪽으로 돌리더니 담배만 피울 뿐 아무 대답이 없었다.

3

이렇게 신경쓸 곳 없이 무료한 처지인데도 롄수는 편하지 않았다. 차츰 작은 신문에 익명으로 그를 공격하는 글이 실리기 시작했고 학계에는 그에 관한 유언비어가 떠돌았다. 예전처럼 단순한 가십거리가 아니라 그를 모함하는 내용들이었다. 요사이 그가 글을 자주 발표하면서 생긴 일임을 아는 터라 나는 그다지 신경쓰지 않았다. S성 사람들은 거리낌없이 자기주장을 내세우는 이를 가장 싫어했고, 그런 사람이 있으면 반드시 뒤에서 헐뜯었다. 예전부터 그러했고, 롄수도 그런 분위기를 알고 있었다. 하지만 봄이 되자 교장이 그를 해고했다는 얘기가 떠돌았다. 뜻밖이라 생각했지만 이런 일 역시 예전부터 늘 있어왔다. 그저 내가 아는 사람만은 그런 일을 당하지 않기를 바랐기에 이번 일이 뜻밖으로 여겨졌을 뿐, S성 사람들이 이번에만 특별히 더 사악했던 건 아니었다.

당시 나는 생계문제로 한창 바빴고 동시에 그해 가을 산양에 교사로 가는 일을 협의하느라 그를 방문할 시간이 없었다. 그가 실직한 지 거의 세 달이 지났을 무렵에야 조금 한가해졌는데, 그래도 찾아가봐야겠다는 생각은 들지 않았다. 어느 날, 나는 길을 가다 헌책을 파는 노점상 앞에서 우연히 발길을 멈추었다. 그런데 깜짝 놀랐다. 거기 진열된 책 가운데 급고각*의 초간본 『사기색은』이 롄수가 소장하던 책이었기 때문이다. 물론 그는 책을 좋아했지만 장서가는 아니었다. 그래도 이런 책은 그가 소중히 여기는 선본**이라 부득이한 경우가 아니면 쉽사리 팔 리 없었다. 실직한 지 두세 달 만에 이토록 가난해졌단 말인가? 물론 그는

* 명나라의 장서가 모진(毛晉)의 서재.

** 보존 상태가 좋은 희귀한 책.

원래 돈이 생기는 족족 써버려서 저축한 게 있을 리 없었다. 그래서 나는 렌수를 찾아가기로 했고, 가는 김에 거리에서 사오주* 한 병과 땅콩 두 봉지, 훈제 생선 두 마리를 샀다.

그의 방문은 잠겨 있었다. 두 번 불러도 대답이 없었다. 자는 건가 싶어 더 크게 부르며 손으로 방문을 두드렸다.

"나갔어요!" 아이들 할머니였다. 세모꼴 눈에 뚱뚱한 여자가 맞은편 창문으로 백발 머리를 내밀고 귀찮다는 듯 소리를 꽥 질렀다.

"어디 갔지요?" 내가 물었다.

"어디 갔냐고? 내가 어떻게 알아요! 그 사람이 어딜 가겠어요. 기다려봐요. 조금 있으면 올 테니."

나는 문을 밀치고 그의 거실로 들어갔다. '하루 보지 못했는데 삼 년이 흐른 것 같다'는 말 그대로였다. 처량하고 휑한데다 가구도 몇 가지 없고, 남은 책도 S성에서는 사람들이 쳐다보지도 않을 양장본 몇 권뿐이었다. 거실 가운데 있던 원탁은 그대로였다. 비분강개하던 청년들과 능력은 있지만 때를 만나지 못한 재주꾼들, 시끄럽게 떠들던 꼬질꼬질한 아이들이 둘러앉곤 했는데 지금은 그저 고요히 뽀얀 먼지만 앉아 있었다. 나는 탁자에 술병

* 무색투명한 증류주를 말하며, 바이주(白酒)라고도 한다.

과 종이봉지를 내려놓고 의자를 당겨서 방문을 마주보며 탁자 옆에 앉았다.

그런데 정말 '조금' 있으니까 방문이 열리고 한 사람이 그림자처럼 조용히 들어왔다. 롄수였다. 저녁때여서 전보다 까매 보였지만 표정은 여전했다.

"어! 오셨어요? 온 지 오래됐습니까?" 반가운 기색이었다.

"방금 왔어요." 내가 말했다. "어디 갔었나보죠?"

"아니에요. 그냥 돌아다녔어요."

그도 의자를 끌어와 탁자 옆에 앉았다. 우리는 사오주를 마시면서 그가 실직한 얘기를 했다. 하지만 그는 썩 내켜하지 않았다. 미리 예상했던 일이고 또 자주 겪던 일이라 이상하지도 않고 이야깃거리도 안 된다고 생각했던 것이다. 늘 그렇듯 그는 그저 술만 마셨고 사회와 역사에 관한 주장을 쏟아냈다. 왠지 모르게 그때 내 눈길이 텅 빈 책꽂이로 향했고, 문득 급고각의 초간본 『사기색은』이 생각나 쓸쓸하고 슬펐다.

"거실이 적적하네요…… 요즘은 손님이 많지 않나봅니다?"

"없어요. 내 심경이 좋지 않으니 와봐야 재미없을 거라고 생각하나봐요. 심경이 좋지 않으면 다른 사람을 불편하게 하는 게 사실이지요. 겨울에 공원을 가는 사람은 없잖아요……" 그가 연거푸 두 잔을 비우고는 말없이 생각에 잠겼다 고개를 들고 나를 쳐다보며 말했다. "당신 직장 찾는 일도 가망이 전혀 없지요?"

그가 조금 취했다는 걸 알았지만 나는 욱하는 기분이 들어 한마디해주려 했다. 그런데 그가 어딘가에 귀를 기울이더니 땅콩을 한 줌 집어들고 나가버렸다. 문밖에서 아이들이 웃고 떠드는 소리가 들렸다.

그가 나가자마자 아이들 소리가 뚝 그쳤다. 다른 데로 가버린 것 같았다. 그가 따라가며 뭐라고 말했지만 아이들의 대답은 들리지 않았다. 그림자처럼 살그머니 돌아온 그가 땅콩을 다시 종이봉지에 쏟았다.

"내가 주는 건 이제 안 먹는답니다." 그가 낮게 조소하며 말했다.

"렌수." 슬펐지만 억지로 미소를 지으며 내가 말했다. "혼자 사서 고민하는 것 같아요. 세상을 너무 나쁘게 보면서……"

그가 차갑게 웃었다.

"내 말 아직 안 끝났어요. 당신은 우리가, 어쩌다 당신을 찾아오는 우리가, 할일이 없어서 여기에 와 당신을 심심풀이 상대로 삼는다고 생각하나요?"

"전혀 아니에요. 하지만 간혹 그런 생각이 들 때도 있어요. 무슨 이야깃거리가 없나 해서 오는 거라고요."

"절대 아닙니다. 전혀 그렇지 않아요. 당신은 자기 손으로 누에고치를 만들어서 거기에 스스로를 가두고 있어요. 세상을 좀 밝게 봐야 해요."

내가 한숨을 쉬며 말했다.

"그럴지도 모르지요. 하지만 당신이 말한 누에고치를 만드는 실은 어디서 온 겁니까? 물론 세상엔 그런 사람들이 많지요. 우리 할머니처럼. 내가 할머니 피를 받지는 않았어도 팔자는 이어받은 모양입니다. 하지만 상관없어요. 전에 같이 실컷 울었으니까요……"

그의 할머니를 입관할 때의 광경이 눈앞의 일처럼 떠올랐다.

"난 아직도 그때 당신이 왜 그토록 통곡했는지 모르겠습니다……" 내가 불쑥 물었다.

"할머니를 입관할 때요? 그럴 겁니다. 당신은 이해 못해요." 그가 등불을 켜면서 차갑게 말했다. "당신하고 내가 알고 지내게 된 계기가 그때의 통곡 때문이지요. 몰랐을 테지만 할머니는 우리 아버지의 계모예요. 생모는 아버지가 세 살 때 돌아가셨고요." 그가 생각에 잠겨 말없이 술을 마시고 생선 대가리를 먹었다.

"그런 옛일을 원래는 몰랐습니다. 어렸을 때여서 그저 좀 이상하다고만 생각했지요. 아버지가 살아 계실 때였고 집안 형편도 좋았어요. 정월이면 조상들 영정을 모시고 성대하게 제사를 올렸지요. 그토록 화려하게 그려진 영정들이 당시 나한테는 큰 구경거리였고요. 그런데 그때 한 식모가 나를 안고 어떤 영정으로 가서는 그러는 거예요. '이분이 네 친할머니야. 절해야지. 어서 커서 용감하고 씩씩한 대장부가 되게 해달라고 말이야.' 분명히 할머니가 계신데 어떻게 친할머니가 또 있다는 건지 정말 이해되지 않았지요. 하지만 나는 그 영정 속의 친할머니가 좋았어요. 우리집 할머니처럼 늙지도 않았고요. 젊고 예뻤지요. 금박 무늬가 들어간 붉은 옷을 입고 구슬로 장식한 관을 썼는데 우리 어머니하고 모습이 비슷했어요. 영정 속의 친할머니를 보고 있으면 그분의 눈도 나를 쳐다보면서 입가에는 점점 미소가 번지는 듯했어요. 틀림없이 나를 무척 사랑했을 거라고 생각했지요.

그런데 우리집 할머니도 좋았어요. 하루종일 창문 밑에 앉아 느릿느릿 바느질을 하는 할머니 말입니다. 비록 내가 아무리 그 앞에서 재롱을 피우고 말을 걸어도 할머니를 즐겁게 할 수는 없었지만요. 늘 차가워서 다른 할머니들하곤 다르다고 생각했지만 그래도 좋았어요. 나중에는 점점 할머니에게서 멀어졌어요. 내가 나이를 먹고, 할머니가 내 아버지의 생모가 아니라는 걸 알아서가 아니라 일 년 내내 하루종일 기계처럼 바느질만 하는 모습을 오랫동안 보다보니 자연히 지겨워질 수밖에 없었지요. 그래도 할머니는 예전처럼 바느질을 하고 나를 돌보고 예뻐해주었어요. 웃는 모습은 좀처럼 보기 힘들었지만 그렇다고 호되게 야단을 치지도 않았어요. 아버지가 돌아가시고 나서도 할머니의 바느질은 계속되었어요. 나중에는 그 바느질 품삯으로 생활을 했으니 당연히 더욱 그랬고요. 내가 학교에 갈 때까지……"

등불이 침침해졌다. 기름이 다해가고 있었다. 그가 일어나 책꽂이에서 조그만 양철주전자를 찾아와 기름을 부었다.

"한 달 사이에 기름값이 두 번이나 올랐어요……" 그가 등잔불 심지를 올리고 천천히 말했다. "갈수록 살기 어려워져요. 할머니는 줄곧 바느질을 했어요. 내가 졸업하고 일을 구해서 전보다 생활이 안정된 뒤에도, 자신이 병을 얻어 견딜 수 없는 지경이 되어 자리에 누울 때까지도……

내 생각에 할머니는 말년에 고생을 많이 하진 않았어요. 일찍 가신 것도 아니고요. 내가 그렇게까지 울 필요는 없었지요. 게다가 다른 사람들도 많이 울었잖아요? 전에 할머니를 있는 대로 깔보던 사람들조차 울었지요. 최소한 얼굴들은 슬퍼 보였어요. 하하! 그런데 그때 웬일인지 할머니의 일생이 눈앞에 떠올랐어요. 스스로 고독을 만들어 그것을 입에 넣고 저작하면서 보낸 일생이 말예요. 그런 사람이 무척 많다는 생각도 들었어요. 그런 사람들 때문에 통곡한 겁니다. 물론 가장 큰 이유는 내가 그때 지나치게 감정에 치우쳐서……

지금 당신이 나를 보고 생각하는 그대로 당시에 내가 할머니를 그렇게 생각했지요. 하지만 그 생각은 사실 틀렸어요. 세상을 조금씩 알아가면서 나도 할머니와 점점 멀어졌으니까……"

그가 침묵했다. 손가락 사이에 담배를 끼우고 고개를 숙인 채 생각에 잠겼다. 등불이 여리게 떨렸다.

"아아, 사람이 죽었는데 단 한 명도 그 사람을 위해 울지 않기란 정말 쉬운 일이 아니에요." 그가 혼잣말처럼 말했다. 잠시 말을 멈추다가 고개를 들고 다시 내게 말했다. "당신도 막막한가보군요. 나도 어서 일을 찾아야 하는데……"

"딱히 부탁할 친구는 없나요?" 하지만 사실 이때 정작 처지가 막막한 건 나 자신이었다.

"몇 명 있기는 한데, 다들 처지가 나하고 비슷해서……"

롄수와 헤어져 문을 나설 때 하늘 가운데 둥근달이 걸려 있었다. 더없이 고요한 밤이었다.

4

산양 교육계는 형편이 무척 좋지 않았다. 학교에 부임한 지 두 달이 지났는데도 월급 한푼 나오지 않아 담뱃값조차 아껴야 했다. 하지만 학교에 있는 사람들은, 한 달에 15, 6위안을 받는 말단 직원조차 자기 운명에 기꺼이 만족하는 이들이었다. 참고 견디면서 단련된 강철 같은 몸에 의지해 얼굴이 누렇게 뜨고 삐쩍 말라가면서도 아침부터 저녁까지 사무를 보고, 간혹 높은 분이 오면 깍듯하게 일어서서 정중히 인사를 하는 모습이 실로 '먹고 입는 것이 넉넉해야 예절을 안다'는 말이 필요 없는 사람들이었다. 이런 상황을 마주할 때마다 롄수가 내게 각별히 부탁하던 말이 떠올랐다. 당시의 그는 사는 게 말이 아니었다. 가난한 티가 밖으로 드러나고 예전의 침착하던 모습도 찾아보기 힘들었다. 내가 떠난다는 걸 알고 한밤중에 찾아와 한참을 머뭇거리다 겨우 우물거리며 말했다.

"그쪽엔 뭔가 방법이 있을지 모르겠네요? 필사하는 일이든 뭐든 한 달에 2, 30위안이라도 좋은데, 난……"

나는 놀랐다. 그가 이 정도로 굽히고 나오리라곤 예상하지 못해 순간적으로 말문이 막혔다.

"난…… 난 어쨌거나 좀더 살아야 해요……"

"가서 한번 보지요. 꼭 방법을 찾아보겠습니다."

그날 이렇게 한 약속이 두고두고 내 귓가에 맴돌았다. 롄수의 모습도 눈앞에 어른거렸고 "난 어쨌거나 좀더 살아야 해요"라고 우물거리던 말소리도 들리는 듯했다. 지금까지 여러 방법을 찾아 이곳저곳에 말을 넣어보았다. 하지만 쓸데없는 일이었다. 일

자리는 적고 사람은 많았다. 부탁받은 사람이 내게 미안하다고 몇 마디 하는 걸로 끝났고, 그러면 나는 렌수에게 미안하다는 편지를 몇 자 쓰곤 했다. 학기가 끝나갈 무렵 사정이 더 나빠졌다. 그곳의 일부 지식인들이 펴내던 〈학리주보〉에서 나를 공격하기 시작한 것이다. 물론 이름을 직접 거론하진 않았지만 얼마나 교묘하게 표현했는지, 그것을 본 사람들은 내가 학생 시위를 부추겼다고 믿고 렌수를 추천하고 다니는 것도 그 친구를 불러 작당하려는 거라고 여겼다.

옴짝달싹할 수 없게 된 나는 수업이 있을 때 말고는 문을 걸고 숨어 지냈다. 행여 담배 연기라도 창틈으로 새어나가 학생 시위를 부추긴다는 혐의를 받을까 무서웠다. 렌수 일도 당연히 입에 올릴 방법이 없었다. 한겨울까지 그러했다.

하루종일 눈이 내렸고 밤이 되어도 그치지 않았다. 집밖은 더없이 고요했다. 고요함의 소리마저 들릴 정도였다. 작은 등불 아래 눈을 감고 우두커니 앉아 있자니, 눈꽃이 펄펄 내려 끝없이 펼쳐진 벌판에 쌓이는 모습이 보이는 듯했다. 고향은 새해 준비로 다들 한창 바쁘겠지. 어느덧 나는 어린아이가 되어 뒤뜰의 평평한 곳에서 꼬맹이 친구들하고 눈사람을 만들었다. 작은 숯 두 개를 박아넣어 눈을 만들었다. 색깔이 까맸다. 그런데 번쩍하는 순간, 그것이 렌수의 눈으로 변했다.

"난 어쨌거나 좀더 살아야 해요!" 여전히 그 소리였다.

"왜요?" 내가 실없이 물었지만 스스로 생각해도 우스웠다.

이 우스운 문제에 정신을 차린 뒤 나는 몸을 바로 하고 앉아 담배에 불을 붙였다. 창문을 열고 밖을 보니 눈이 더욱더 세차게 내리고 있었다. 누군가 문을 두드리는 소리가 들렸다. 조금 지나 한 사람이 들어왔다. 귀에 익은 하숙집 잡역부의 발소리였다. 그가 내 방문을 열고 여섯 치 남짓한 길이의 봉투를 건네주었다. 흘려 쓴 글씨였지만 언뜻 보니 '웨이 봉함'이라는 글자가 눈에 들어왔다. 롄수가 보낸 것이었다.

내가 S성을 떠나고 그가 보낸 첫 편지였다. 원래 게으른 사람임을 알기에 감감무소식이어도 이상하다고 생각하지 않았지만, 어떤 때는 소식 하나 없는 그가 원망스럽기도 했다. 편지를 기다렸지만 막상 받고 보니 괜히 이상한 느낌이 들어 서둘러 뜯었다. 안에도 글씨를 흘려 썼고, 이렇게 적혀 있었다.

선페이……

당신을 뭐라고 불러야 할지요? 우선 비워둡니다. 당신이 원하는 호칭대로 써넣으시지요. 나는 상관없습니다.

헤어지고 나서 당신의 편지를 세 통 받았습니다만 답장을 못했습니다. 이유는 간단합니다. 우표를 살 돈조차 없어서였습니다.

내 소식이 궁금했다면 이제 말씀드리겠습니다. 저는 실패했습니다. 전에는 스스로 실패자라 생각했지만, 그렇지 않았음을 이제야 알았어요. 지금이야말로 진정한 실패자가 되었습니다. 그래도 예전에는 내가 며칠이라도 더 살기를 바라는 사람이 있었고, 나 스스로도 며칠이나마 더 살고 싶었는데 그럴 수 없었어요. 지금은 정말 그럴 필요도 없어졌어요. 하지만 살아야 해요……

왜 살아야 하냐고요?

내가 며칠이라도 더 살기를 바라던 사람은 그 자신이 더는 살지 못했어요. 적의 꾐에 넘어가 죽임을 당했습니다. 누가 죽였느냐고요? 아무도 모르지요.

인생의 변화는 얼마나 빠른지요! 지난 반년 동안 거의 구걸하는 신세였어요. 실제로 거지였다고 할 수 있지요. 그래도 하고자 하는 게 있었어요. 그것 때문에 구걸을 하고, 그것 때문에 추위와 굶주림에 시달리고, 그것 때문에 고독하게 지내고, 그것 때문에 고생을 했어요. 하지만 파멸은 바라지 않았어요. 알다시피 내가 며칠이라도 더 살길 바라는 사람이 있다는 것이 정말 큰 힘이 되더군요. 하지만 지금은 아닙니다. 한 사람도 없어요. 더구나 나 자신도 살 자격이 있다는 생각이 이제 안 들어요. 다른 사람들은? 역시 살 자격이 없지요. 하지만 내가 살길 원하지 않는 사람들 때문에라도 기어이 살아야겠다는 생각도 들어요. 다행히 내가 잘 살아가길 원하는 사람은 이제 없어요. 아무도 더는 가슴 아파하지 않지요. 내가 잘 살아가길 원하는 사람들을 가슴 아프게 하고 싶지 않지만 이제 그런 사람들은 없지요. 한 사람도 없어요. 얼마나 기쁜지요. 얼마나 편한지요. 지금의 나는 과거의 내가 증오했던 것, 반대했던 모든 것을 실천하고 있고, 과거의 내가 떠받들었던 것, 주장했던 모든 것을 배척하고 있습니다. 이제 정말 실패했습니다. 하지만 승리하기도 했습니다.

내가 미쳤다고 생각하나요? 내가 영웅이나 위인이 되었다고 생각하나요? 아니오. 아닙니다. 사정은 간단합니다. 요즘 나는 두씨 사단장의 고문이 되어 매달 월급으로 은화 80위안을 받고 있습니다.

선페이……

나를 어떤 인간으로 생각할지, 당신 마음대로 정하십시오. 난 상관없으니까요.

옛날 그 거실, 지금도 기억하겠지요. 우리가 시에 있을 때 처음 만나고 작별도 했던 그 거실 말입니다. 지금도 그 거실을 쓰고 있어요. 새로운 손님과 새로운 선물, 새로운 찬사, 새로운 사리사욕, 새로운 인사치레, 새로운 마작과 벌주놀이, 새로운 냉대와 역겨움, 새로운 불면과 각혈 등이 거기에 있지요.

전에 보냈던 편지에서 가르치는 일이 여의치 않다고 했지요. 고문 노릇을 해보는 건 어떨지요? 내게 말만 하면 알아봐드리겠습니다. 사실 수위 노릇을 해도 무방하지요. 마찬가지로 새로운 손님과 새로운 선물, 새로운 찬사가 있으니까……

내가 있는 곳에는 눈이 많이 내렸습니다. 당신이 있는 곳은 어떤지요? 어느덧 밤이 깊었네요. 각혈을 두 번 하고 나니 정신이 맑아졌습니다. 지난 가을부터 당신이 내게 편지를 세 통이나 보냈지요. 어쨌든 놀랄 만한 일입니다. 그래서 꼭 당신에게 소식을 전해야겠다고 생각했는데, 놀라진 않았는지 모르겠습니다.

앞으로 다시 편지 쓰는 일은 없을 겁니다. 나라는 사람의 습관은 당신도 익히 알 것입니다. 언제 돌아오는지요? 빨리 돌아온다면 만날 수 있을 겁니다. 하지만 이런 생각이 듭니다. 우리는 어쨌든 같은 길을 가는 사람이 아니라는. 그러니 저를 잊어주길 부탁합니다. 내 생계를 걱정해준 일에 진심으로 감사합니다. 하지만 이제 잊어주십시오. 저는 '좋아졌으니까요'.

렌수, 12월 14일

이 편지에 '놀라진 않았'지만, 대강 훑어본 뒤 다시 자세히 읽어보고는 마음이 조금 불편해졌다. 하지만 즐겁고 기쁜 마음도 들었다. 그 사람의 생계가 이제 더는 문젯거리가 아니니 내 부담도 없어진 셈이었다. 나로서는 딱히 방도를 찾아주지 못한 일이긴 하지만. 문득 그에게 답장을 쓰고 싶어졌다. 그러나 할말이 없는 것 같아 그 생각을 지워버렸다.

확실히 나는 그를 점차 잊어갔다. 내 기억에서 그의 모습도 그리 자주 떠오르지 않았다. 하지만 편지를 받고 열흘이 지나지 않아 S성의 학리칠일보사에서 갑자기 그들의 〈학리칠일보〉를 잇달아 보내왔다. 나는 그런 걸 잘 보지 않았지만 이왕 보내왔으니 손이 가는 대로 뒤적거렸다. 그런데 이게 롄수를 다시 떠올리게 했다. 그에 관한 시와 산문이 실렸기 때문이다. 「눈 오는 밤에 롄수 선생을 알현하다」 「롄수 고문의 명문 모음」 등이었다. 한번은 '학술여담'이란 코너에 그가 전에 웃음거리가 되었던 일을 흥미진진하게 전하는 글이 실렸다. "무릇 비범한 인물은 비범한 일을 행하기 마련이다"라는 뜻을 은연중에 풍기는 글이었다.

이런 일 때문에 그를 떠올리기는 했지만 어쩐 일인지 그의 모습은 점점 흐릿해져만 갔다. 하지만 오히려 그와의 관계가 갈수록 밀접해지는 것 같아 괜히 나 자신도 알 수 없는 불안과 가벼운 전율을 느낄 때도 있었다. 다행히 가을이 되자 〈학리칠일보〉도 더는 오지 않았다. 그런데 산양의 〈학리주간〉에 「소문은 사실이다」라는 긴 글이 연재되었고, 아무개들과 관련한 소문이 벌써 지식인 사이에 파다하다고 쓰여 있었다. 몇 사람을 특정하고 있었는데 나도 들어 있었다. 각별히 조심할 수밖에 없는 상황이 되어 예전처럼 담배 연기조차 신중하게 내뿜었다. 조심한다는 건

매사에 부지런히 마음을 써야 하는 고통이었다. 그 때문에 모든 일을 제쳐놓게 되면서 자연스레 렌수를 생각할 겨를도 없었다. 요컨대 그를 이미 잊게 된 것이다.

하지만 나는 결국 여름까지 견디지 못하고 5월 말에 산양을 떠났다.

5

산양에서 리청으로 갔다가 다시 타이구로 족히 여섯 달을 떠돌았지만 끝내 일을 찾지 못했다. 그래서 다시 S성으로 돌아가기로 했다. 이른 봄날 오후, 비가 내릴 듯 말 듯한 날씨여서 사방이 온통 잿빛이었다. 전에 살던 방이 아직도 비어 있어 그대로 살기로 했다. 돌아오는 길에 렌수 생각이 나서 도착한 후 저녁을 먹고 찾아가보기로 했다. 나는 원시 지방의 명산품인 떡 두 봉지를 들고 질척한 길을 여럿 지나고, 길 한가운데를 막고 잠을 자는 개들을 여럿 지나서 렌수의 대문 앞에 도착했다. 집안은 유난히 밝은 것 같았다. 고문쯤 되면 집도 이렇게 환한가보다고 생각하며 속으로 웃었다. 그런데 고개를 들고 보니 문 옆에 네모난 하얀 종이가 비스듬히 붙어 있었다. 아이들 할머니가 돌아가신 모양이라고 생각하면서 문으로 들어가 곧장 앞으로 걸어갔다.

희미한 불빛이 비추는 마당에 관이 놓여 있고, 그 옆에 군복을 입은 사병인지 마부인지 모를 사람이 서서 다른 사람과 이야기를 나누고 있었는데, 자세히 보니 다량의 할머니였다. 짧은 옷을 입은 인부 몇 사람도 한가롭게 서 있었다. 갑자기 심장이 뛰기 시작했다. 그녀가 고개를 돌려 나를 가만히 바라보았다.

"아아, 돌아오셨군요? 며칠만 일찍 오지……" 그녀가 갑자기 소리쳤다.

"누가…… 누가 죽었나요?" 실은 벌써 짐작하고 있었지만 그래도 물었다.

"웨이 대인이 그제 떠났어요."

나는 주위를 둘러보았다. 거실이 어두침침한 게 등잔불 하나만 켜져 있는 모양이었다. 안채에는 하얀 장례용 휘장이 쳐져 있고, 그 앞에 아이들 몇 명이 모여 있었다. 다량과 얼량 등이었다.

"저기 계세요." 아이들 할머니가 다가와 가리키며 말했다. "웨이 대인이 출세해서 내가 그에게 안채를 쓰도록 내드렸었지요. 지금 거기에 모셨어요."

장례용 휘장에는 아무것도 쓰여 있지 않았다. 그 앞에는 긴 탁자와 네모난 탁자가 놓여 있고, 네모난 탁자에는 밥과 반찬이 담긴 그릇이 여남은 개 놓여 있었다. 내가 문으로 들어서자 흰 장삼을 입은 사람 둘이 갑자기 나타나 앞을 막았다. 꼭 썩은 생선 같은 눈을 부릅뜨고 의심스러운 눈빛으로 내 얼굴을 노려보았다. 나는 서둘러 렌수와의 관계를 설명했고, 아이들 할머니도 달려와 증인을 섰다. 그들의 손과 눈빛이 그제야 누그러지더니 내가 다가가 절하는 모습을 말없이 지켜보았다.

내가 절을 하는데 바닥에서 갑자기 누가 엉엉 울음을 터뜨렸다. 유심히 보니 열 살 남짓 되어 보이는 아이가 멍석에 엎드려 있었고, 흰옷을 입고 빡빡 깎은 머리에 삼베로 엮은 굴건을 쓰고 있었다.

나는 그들과 인사를 나누고서야 한 사람은 렌수의 사촌형으로 가장 가까운 친척이고, 다른 한 사람은 먼 조카뻘 되는 사람이라는 걸 알았다. 내가 고인을 보고 싶다고 간청했지만 그들은 "곤란합니다"라며 한사코 막았다. 하지만 결국 내게 설득당해 장례용 휘장을 걷었다.

이번에 내가 만난 건 죽은 렌수였다. 그런데 이상했다! 구겨진 짧은 셔츠와 바지 차림에 옷 앞자락에는 핏자국이 아직 남아 있었다. 얼굴이 형편없이 마르기는 했어도 외모는 여전했고, 조용히 입을 다물고 눈을 감은 모습이 잠을 자는 것만 같아 코밑에 손을 내밀어 그가 숨을 쉬는지 확인할 뻔했다.

모든 것이 죽음처럼 고요했다. 죽은 사람도 산 사람도. 내가 물러나자 그의 사촌형이 다가와 인사말을 건넸다. '아우'가 젊고 유능해 앞날이 창창하나 뜻밖에 '작고'하였으니 이는 비단 '가문'의 불행일 뿐만 아니라 벗에게도 크나큰 상심일 거라고, 롄수를 대신해 유감의 뜻을 표한다는 의미가 다분히 담긴 말이었다. 산골 사람치고 이런 말을 구사할 수 있는 이는 드물었다. 하지만 그러고서는 침묵이었다. 모든 것이 죽음처럼 고요했다. 죽은 사람도 산 사람도.

나는 무료했고 그렇게 슬프지도 않아서 마당으로 나가 아이들 할머니와 얘기를 나누었다. 입관할 때가 되어 수의가 오기를 기다리는 중이며, 관에 못을 칠 때 '쥐띠, 소띠, 토끼띠, 닭띠'는 필히 자리를 피해야 한다는 걸 나는 알게 되었다. 할머니는 들떠서 청산유수로 말을 쏟아냈다. 롄수의 병세부터 생전에 어떠했는지 줄줄이 늘어놓았고 그에 대한 비판도 덧붙였다.

"당신도 알 거예요. 웨이 대인이 출세하고 전과는 딴판이 되었어요. 고개도 쳐들고 기운이 넘쳤지요. 사람을 대할 때도 전처럼 꽉 막히지 않았지. 알다시피 전에는 벙어리 같았지요. 날 보고도 마님이라 불렀잖아요? 그런 사람이 나중에는 '할멈'이라고 부르더라고. 하하, 참 재미있었지. 누가 백출이라는 약초를 보내자 자기는 먹지 않고 마당에 던지더니, 그래 바로 여기구먼, '할멈, 당신이나 드시구려' 하더라고요. 그 사람이 출세하고서 사람들이 바글거렸어요. 그래서 내가 안채를 그에게 내주고 행랑채로 옮겼지. 그 양반 신세가 확 달라진 뒤로 정말 딴사람이 되었어요. 우리하고 늘 웃으면서 얘기를 주고받았지요. 한 달만 일찍 왔어도 얼마나 시끌벅적했는지 볼 수 있었을 텐데. 사흘에 이틀은 벌주놀이 하고, 웃고, 떠들고, 노래하고, 시를 짓고, 마작을 하고……

그 양반이 전에는 아이들이 자기 아비 무서워하는 것보다 더 아이들을 무서워했어요. 그래서 늘 목소리를 낮추고 부드럽게 말했지요. 요새는 완전히 달랐어요. 얘기도 잘하고 어울리기도 잘하고, 우리 손자들도 함께 노는 걸 좋아해서 틈만 있으면 그 방으로 가서 놀았지요. 그 양반도 갖가지 방법으로 놀아주었고. 아이들이 뭘 사달라고 하면 개처럼 짖어보라거나 머리를 땅에 부딪히며 절을 하라든가 하면서 말이야. 하하, 정말 시끌벅적했지. 두 달 전에 둘째 손자가 신발을 사달라고 하니, 머리를 세 번 땅에 부딪히며 절을 하라고 시켰어요. 아, 그 신발 아직 멀쩡해서 지금도 신고 다니지요."

흰 장삼을 입은 사람이 나오자 그녀가 입을 닫았다. 내가 롄수의 병세가 어땠는지 물었지만 그녀는 잘 몰랐다. 예전부터 마르기 시작했던 것 같은데 그가 늘 즐거워하는 바람에 아무도 신경 쓰지 않았다고만 했다. 한 달 전쯤에야 몇 차례 각혈했다는 말을 들었지만 병원에 간 것 같지는 않다고 했다. 그러다 자리에 누워버렸고, 죽기 사흘 전에는 목구멍이 막혀 말을 한 마디도 하지 못했다는 것이다. 한스산에서 여기까지 먼길을 달려온 열셋째 어르신이 저축한 돈이 있냐고 물었지만 그는 한 마디도 하지 않았다고 한다. 열셋째 어르신은 그가 거짓말을 한다고 의심했다지만, 폐병으로 죽은 사람 중에는 말을 못하게 된 이도 있었다고 하니, 누가 알 것인가?

"그런데 웨이 대인은 성격이 참 이상하기도 하지." 아이들 할머니가 갑자기 목소리를 낮추며 말했다. "돈을 물같이 쓰면서 통 저축을 안 해. 열셋째 어르신이 우리가 잇속을 차린 게 아닌지 의심하기도 했는데, 잇속이 다 뭐예요? 그 양반은 흥청망청 되는 대로 써버렸다고요. 물건도 오늘 샀다 내일 바로 팔아버리거나 부숴버리고 말이지, 도통 무슨 속인지 모르겠더라고. 죽고 나서 보니까 아무것도 없어요. 다 망가지고 말이야. 안 그랬으면 지금 이렇게까지 썰렁하진 않을 텐데……

그 양반 정말 대책 없는 사람이야. 번듯한 일을 할 생각은 안 했어요. 나도 나름 생각이 있고 해서 운을 떼본 적이 있지요. 나이도 됐으니 이제 가정을 꾸려야 한다고, 지금 같은 상황이면 결혼쯤은 쉬운 일이라고, 적당한 혼처가 없으면 우선 첩이라도 몇 두면 된다고 말이에요. 사람이 자기 위치에 맞게 처신해야 한다고도 했지요. 그런데 그 양반이 듣자마자 웃음을 터뜨리면서 뭐라고 했는지 알아요? '할멈, 늘 그렇게 남 생각하면서 걱정해주나보지?' 글쎄, 그 양반이 요새 붕 떠 있어서 남이 좋은 말을 해도 곧이 듣지 않았다니까요. 애당초 내 말을 들었으면 지금 이렇게 홀로 쓸쓸히 저승길을 가지 않았을 텐데. 적어도 가족들 울음소리라도 들렸을 것 아니야."

가게 점원이 수의를 가지고 왔다. 친척 세 사람이 옷을 들고 장례용 휘장 뒤로 들어갔다. 잠시 후 휘장이 걷혔다. 속옷은 이미 갈아입혔고 겉옷을 입히고 있었다. 그런데 전혀 뜻밖이었다. 붉은 줄이 넓게 들어간 황토색 군복 바지에 번쩍번쩍한 견장이 달린 군복 상의를 입히고 있었기 때문이다. 계급이 무엇인지, 어디서 받았는지도 알 수 없었다. 입관을 마친 후에 보니 렌수는 아주 불편하게 누워 있었다. 다리 옆에 노란 가죽구두 한 켤레, 허리 옆에 종이로 만든 지휘도, 장작처럼 뼈만 남은 까무잡잡한 얼굴 옆에 금테를 두른 군모가 놓여 있었다.

친척 셋이서 관을 붙잡고 한차례 곡을 했다. 곡을 그치고는 눈물을 닦았다. 머리에 굴건을 쓴 아이들이 물러가고 싼량도 자리를 피했다. '쥐띠, 말띠, 토끼띠, 닭띠' 가운데 하나인 모양이었다.

인부가 관뚜껑을 들고 왔고, 나는 가까이 다가가 영원한 작별을 고하기 위해 마지막으로 렌수를 보았다.

그는 어울리지 않는 의관 차림으로 눈을 감고 입을 다문 채 조용히 누워 있었다. 입가에 차가운 미소를 머금고 이 우스꽝스러운 주검을 비웃는 것 같았다.

못질소리가 들리고 동시에 곡소리가 터졌다. 나는 그 곡소리를 차마 끝까지 들을 수 없어서 어쩔 수 없이 마당으로 물러났다. 발 가는 대로 걷다보니 어느새 대문 밖이었다. 질척한 길이 훤히 눈에 들어왔다. 하늘을 쳐다보니 먹구름은 벌써 간데없고 거기에 걸린 둥근달이 조용히 차가운 빛을 뿌렸다.

나는 무거운 무엇인가에서 벗어나려는 것처럼 걸음을 재촉했다. 하지만 잘되지 않았다. 귓속에서 무언가 몸부림쳤다. 오래도록, 오래도록 몸부림치다 마침내 빠져나갔다. 긴 울부짖음 같았다. 상처 입은 이리가 깊은 밤 광야에서 울부짖는 것처럼 참혹한 슬픔에 분노와 비애가 섞여 있었다.

내 마음은 가벼워졌다. 편안한 마음으로 젖은 돌길을 걸었다. 달빛을 받으면서.

1925년 10월 17일

애도

傷逝

쥐안성의 수기

할 수만 있다면 나는 내 후회와 슬픔을 적으려 한다. 쯔쥔을 위해, 스스로를 위해.

회관*의 외진 곳에 있어 잊힌 이 낡은 방은 이토록 적막하고 공허하다. 시간은 정말 빠르게 흐른다. 나는 쯔쥔을 사랑했고, 그녀에게 의지해 이 적막과 공허에서 벗어난 지도 벌써 일 년이 되었다. 공교롭게도 내가 다시 돌아왔을 때 마침 빈방이 이것뿐이었다. 그때의 깨진 창문, 그때의 창밖의 반쯤은 시들어버린 회화나무와 오래된 자등나무도 여전했다. 그때의 창문 앞에 놓인 네모난 탁자, 부서진 벽, 벽에 맞닿아 있는 나무침대도 그대로였

* 과거 동향 사람들의 숙박과 모임 등을 위해 대도시에 지은 건물.

다. 밤이 깊어 혼자 침대에 누웠다. 쯔쥔과 동거하기 이전과 똑 같았다. 지난 일 년의 세월이 아무 일도 일어나지 않았던 것처럼 전부 사라졌다. 내가 이 낡은 방에서 이사를 간 일도, 지자오후 퉁에서 희망에 부풀어 조그만 가정을 꾸렸던 일도 없었던 것 같았다.

그것만이 아니었다. 일 년 전의 적막과 공허는 이렇지 않았고, 늘 기대가 담겨 있었다. 쯔쥔이 돌아오리라는 기대였다. 오랜 기다림의 초조 속에서 벽돌 바닥에 구두굽이 닿는 맑은 소리는 내게 얼마나 활기를 주었던가! 이윽고 보조개가 팬 창백한 둥근 얼굴과 희고 가녀린 팔, 무늬가 있는 무명 블라우스와 검정 치마가 보였다. 그녀는 창밖의 시들어버린 회화나무에서 새로 돋아난 잎을 가져다 내게 보여주었고, 쇠처럼 오래된 나뭇가지에 송이송이 달린 보랏빛 등나무꽃도 따다주었다.

하지만 지금은? 적막과 공허만 그대로일 뿐 쯔쥔은 이제 다시 오지 않는다. 그것도 영원히, 영원히!

이 낡은 방에 쯔쥔이 없으면 나는 아무것도 눈에 들어오지 않았다. 무료한 나머지 손에 잡히는 대로 책을 집어들었다. 과학책이든 문학책이든 무엇을 손에 쥐든 마찬가지였다. 그저 한참 동안 책을 보고, 또 보고, 십여 페이지를 넘겼지만 내용이 하나도 기억나지 않는다는 걸 깨달았다. 그저 귀만 한없이 예민해져 대문밖을 오가는 모든 발소리가 들리는 듯했다. 그중에 쯔쥔의 발소리도 또각또각 점점 다가오는 것 같았고. 하지만 다시 점점 멀어져갔고 결국 다른 발소리에 섞여 사라져버리곤 했다. 나는 쯔쥔의 구두와 전혀 다른 소리가 나는 헝겊신을 신고 다니는 소사의 아들 녀석이 미웠고, 쯔쥔의 구두와 똑같은 소리가 나는 새 가죽구두를 신고 얼굴에 덕지덕지 크림을 바르고 다니는 이웃집 애송이도 미웠다.

그녀가 탄 차가 뒤집힌 건 아닐까? 전차에 치여 다친 건 아닐까?

나는 모자를 들고 그녀를 찾아 나서려다 그녀의 숙부가 내게 대놓고 욕을 한 적이 있어서 그만두었다.

갑자기 그녀의 구두 소리가 한 걸음 한 걸음 가깝게 들렸다. 마중을 나갔을 때 그녀는 벌써 얼굴에 보조개가 팬 미소를 띤 채 자등나무 아래를 지나고 있었다. 숙부 집에서 야단을 맞지는 않은 모양이었다. 내 마음이 편해졌다. 말없이 얼마간 서로를 쳐다만 보다 방안이 점점 내 말소리로 가득차기 시작했다. 가정의 억압을 얘기하고, 구습 타파를 말하고, 남녀평등을 논하고, 입센을 말하고, 타고르를 말하고, 셸리 등등에 대해 떠들었다…… 그녀는 늘 미소를 띤 채 고개를 끄덕였고 두 눈은 어린아이 같은 호기심으로 빛났다. 벽에는 셸리의 반신을 새긴 동판화가 걸려 있었다. 잡지에서 오려낸 것인데, 셸리의 초상 가운데 가장 아름다운 작품이었다. 내가 보라고 하자 그녀는 그저 슬쩍 한번 쳐다보고 고개를 숙였다. 쑥스러운 모양이었다. 이런 걸 보면 쯔쥔은 아직 구사상의 속박을 벗어나지 못했다. 나는 나중에 생각했다. 셸리가 바다에 빠져 죽은 기념상이나 입센의 초상으로 바꾸었으면 차라리 좋았을 거라고. 하지만 결국 바꾸지 못했고, 지금은 그 동판화마저 어디로 갔는지 모르겠다.

"나는 나 자신의 것이에요. 다른 누구도 나를 간섭할 권리가 없어!"

우리가 교제한 지 반년쯤 되었을 무렵, 그녀가 같이 살고 있는 숙부와 고향에 있는 아버지 얘기를 할 때였다. 한참을 말없이 생각하더니 분명하고도 단호하게, 그리고 조용히 했던 말이었다. 그때 나는 이미 내 사고방식과 출신, 결점에 대해 숨김없이 얘기했고, 그녀도 전적으로 이해했다. 그 몇 마디 말이 내 영혼을 뒤흔들었고, 여러 날이 지난 후에도 귓가에서 울렸다. 염세가들이 흔히 말하는 것처럼 중국 여성은 결코 구제불능이 아니며 머지않은 장래에 찬란한 서광을 볼 수 있으리라는 것을 알고 말할 수 없이 기뻤다.

그녀를 배웅할 때는 늘 열 발짝쯤 떨어져 걸었고, 그때마다 메기수염을 한 늙은이가 코끝이 납작해질 정도로 유리창에 얼굴을 바짝 대고 보고 있었다. 바깥마당으로 나오면 역시 늘 그렇듯 환한 유리창 너머로 크림을 덕지덕지 바른 애송이의 얼굴이 보였다. 그녀는 눈길 한번 주지 않고 당당하게 걸어서 사라졌고 나도 당당하게 돌아왔다.

"나는 나 자신의 것이에요. 다른 누구도 나를 간섭할 권리가 없어!" 이처럼 투철한 사상이 그녀 머릿속에 들어 있었다. 나보다 더 투철하고 훨씬 단호했다. 크림을 떡칠한 애송이와 납작해진 코끝 같은 것들을 어떻게 그녀에게 비할 것인가!

그 당시 순진하고 열정적인 나의 사랑을 그녀에게 어떻게 고백했는지 이미 기억이 나지 않는다. 어디 지금만 그런가. 그 일이 있고 이내 흐릿해졌고, 밤에 되짚어 생각해봐도 조각조각 파편만 떠오를 뿐이었다. 동거를 시작하고 한두 달 지났을 때는 그런 조각들마저 흔적도 찾을 수 없이 사라진 꿈이 되어버렸다. 기억나는 거라곤 어떻게 고백할지, 어떤 순서로 말할지, 만일 거절당하면 어떤 상황이 될지에 대해 열흘쯤 전부터 꼼꼼하게 연구했던 일뿐이었다. 하지만 막상 고백의 순간이 닥치자 아무런 소용이 없었고, 당황한 나머지 나도 모르게 언젠가 영화에서 봤던 방법을 쓰고 말았다. 나중에 생각해보니 너무 부끄러웠는데, 공교롭게도 그 기억만큼은 지금도 남아서 암실의 등불처럼 내가 눈물을 머금고 그녀의 손을 잡은 채 한쪽 무릎을 꿇은 모습을 비추고 있다.

그때 나는 내가 한 말과 행동만이 아니라 쯔쥔의 말과 행동도 분명히 보지 못했다. 그녀가 나를 받아들였다는 것만 알았다. 다만 그녀의 얼굴이 처음에는 창백하다가 나중에 점점 붉어졌던 건 어렴풋이 기억난다. 그전에도 본 적 없고 그후에도 다시 보지 못한 붉은 얼굴이었다. 애써 내 시선을 피하느라 당황해서 창문이라도 깨고 날아갈 듯한 모습이었지만, 어린아이 같은 눈에는 기쁨과 슬픔, 놀라움과 두려움의 빛도 섞여 있었다. 이미 그녀가 나를 받아들였다는 건 알았지만, 그녀가 무슨 말을 했는지 아니면 아무 말도 없었는지는 모르겠다.

반면 그녀는 모든 것을 기억했다. 내가 한 말을 글을 읽듯 줄줄 외울 정도였고, 내가 보지 못한 영화의 한 장면을 눈앞에 걸어놓은 양 내 행동을 생생하고도 자세히 묘사했다. 물론 나로서는 다시 보고 싶지 않은 경망스러운 장면들이었다. 밤이 깊어 사람 소리가 잠잠해지면 얼굴을 맞대고 복습하는 시간이 된다. 나는 늘 질문을 받고 시험을 치고 당시 내가 했던 말을 다시 해보라는 명령을 받았다. 그때마다 나는 열등생이 되어 그녀가 늘 보충해주고 바로잡아주어야 했다.

그런 복습도 나중에는 점점 드물어졌다. 하지만 그녀가 두 눈을 허공에 멈추고 넋이 나간 듯 멍하니 뭔가를 생각하다 이어서 표정이 점점 부드러워지며 보조개가 깊어가는 걸 보면, 또 과거 수업을 혼자 복습하고 있음을 알 수 있었다. 그러면 나는 그 우스꽝스러운 영화의 한 장면을 그녀가 보고 있는 것이 마음에 걸렸다. 하지만 그녀가 그것을 꼭 보고 싶어하며, 보지 않으면 안 된다는 것도 알았다.

그런데 그녀는 전혀 우스꽝스럽다고 생각하지 않았다. 나는 우스꽝스럽다고, 비루하다고까지 생각했지만 그녀는 조금도 그렇지 않았다. 이 일로 나는 분명하게 알았다. 그녀가 나를 그토록 뜨겁게, 그토록 순진하게 사랑하기 때문에 그러했다는 것을.

작년 늦봄은 제일 행복하고 가장 바빴던 때였다. 마음은 평온했으나 다른 부분은 몸과 함께 바빠졌다. 우리는 그제야 나란히 길을 걷고 공원에도 몇 번 갔지만, 살 집을 구하러 다닌 경우가 제일 많았다. 길을 걸을 때면 우리를 훑어보고 조롱하는 음탕하고 경멸스러운 눈길이 느껴져 나는 조금만 주의를 늦추면 온몸이 움츠러들었으므로 그저 오기와 반항으로 버티는 수밖에 없었다. 하지만 그녀는 전혀 주눅들지 않았다. 그런 것에 아랑곳하지 않고 차분하게 천천히 걸어갔고, 보는 사람이 아무도 없는 것처럼 태연했다.

살 집을 찾는 일은 정말 쉽지 않았다. 대부분 이런저런 이유로 거절당했고, 우리 마음에 들지 않는 경우도 더러 있었다. 처음에는 살 집을 까다롭게 골랐는데—사실 꼭 까다롭다고 할 수 없는 게 대개 우리가 마음놓고 살 만한 곳이 아니었다—나중에는 주인이 받아주기만을 바랐다. 스무 곳 정도를 보고서야 한동안 그럭저럭 살 만한 곳을 구했다. 지자오후퉁에 있는 두 칸짜리 남향 방이었다. 주인은 말단 관리이긴 해도 사리를 아는 사람이었고, 안채와 양쪽 옆채를 썼다. 부인과 돌이 안 된 딸이 있었고, 시골에서 올라온 하녀를 하나 고용하고 있었다. 아기가 울지만 않으면 조용하기 그지없었다.

우리 살림은 단출했다. 내가 마련한 돈은 거의 다 써버렸고, 쯔쥔도 하나뿐인 금반지와 귀걸이까지 팔았다. 내가 말렸지만 기어이 팔겠다고 고집을 부리는 바람에 더는 어쩔 수 없었다. 그녀도 한몫 보태도록 하지 않으면 마음이 편하지 않으리라는 걸 알았다.

쯔쥔은 자기 숙부와 진즉 틀어졌다. 숙부가 그녀를 다시는 보지 않겠다고 화를 낼 지경이었다. 나도 본인들은 충고라고 생각하지만 실은 내게 겁을 먹었거나 질투를 하는 몇몇 친구들과 연

이어 절교했다. 하지만 오히려 마음은 편했다. 매일 근무가 끝나면 거의 해질녘이 되어버리고 인력거꾼도 어김없이 느렸지만 그래도 둘이 마주할 시간은 있었다. 처음에 우리는 그저 말없이 서로를 쳐다보았고, 그런 뒤 마음을 터놓고 다정하게 얘기를 나누다 다시 침묵했다. 둘 다 고개를 숙이고 깊이 생각에 잠긴 듯 보였지만 실은 아무런 생각도 하지 않았다. 나는 갈수록 그녀의 몸과 영혼을 또렷하게 읽어냈고, 불과 삼 주 만에 그녀를 전보다 훨씬 잘 이해하게 되었다. 예전에 잘 안다고 여겼으나 실은 몰랐던 많은 것을, 정말로 몰랐던 것들을 그제야 알게 되었다.

쯔쥔도 점점 활발해졌다. 다만 꽃을 전혀 좋아하지 않는 그녀가 묘회*에 갔을 때 사 온 어린 화초 화분 두 개에 나흘이나 물을 주지 않아 그것들이 구석에서 말라죽었다. 그렇다고 내가 돌볼 틈이 있는 것도 아니었다. 그래도 그녀는 동물을 좋아했다. 관리 부인에게 물든 것이리라. 한 달이 안 돼 식솔이 갑자기 크게 늘었다. 우리 병아리 네 마리가 안마당에서 주인집 병아리 여남은 마리와 어울려 다녔다. 여자들은 생김새만 보고도 어느 닭이 자기네 것인지 알았다. 바둑강아지도 한 마리 있었다. 묘회에서 사 온 것이었다. 원래 이름이 있었던 것 같은데 쯔쥔이 아수이라는

* 절 주변에 모여 물건을 사고팔던 임시 시장.

다른 이름을 지어주었다. 나도 아수이라고 불렀지만 그 이름을 좋아하지는 않았다.

정말 그렇다. 애정은 늘 새로워지고 자라고 창조되어야 한다. 내가 쯔쥔에게 이 말을 하면 그녀도 안다는 듯 고개를 끄덕였다.

아아, 그 얼마나 평화롭고 행복한 밤이었던가!

안정과 행복은 응고될 것이다. 영원히 이렇게 안정되고 행복하다면. 우리가 회관에 있을 때는 가끔 의견이 충돌하거나 생각을 오해하는 경우가 있었지만 지자오후퉁으로 온 뒤로는 한 번도 그런 적이 없었다. 우리는 등잔불 앞에 마주앉아 옛날 얘기를 나누며, 다투고 난 뒤 화해에서 얻는 다시 태어난 듯한 기쁨을 음미했다.

쯔쥔은 몸도 불고 얼굴의 혈색도 좋아졌다. 다만 안타까운 건 바쁘다는 점이었다. 집안일을 하느라 얘기를 나눌 틈도 없었으니 책을 읽거나 산책을 하는 건 말할 것도 없었다. 우리는 늘 하녀를 두어야 한다고 말하곤 했다.

저녁때 집에 돌아와 그녀가 즐겁지 않은 얼굴을 애써 감추는 걸 볼 때면 나까지 즐겁지 않았다. 그녀가 억지로 웃는 모습을 볼 때면 특히 마음이 좋지 않았다. 다행히 알아보니 그 말단 관리의 부인과 다퉈서였는데 두 집의 병아리가 발단이었다. 그런데 왜 내게 말하지 않은 걸까? 사람은 반드시 자기만의 집이 있어야 한다. 이런 곳은 살 데가 못 된다.

내 일상도 틀에 박혀 있었다. 주중 엿새 동안 집에서 직장으로, 직장에서 집으로 오갔다. 직장에서는 책상 앞에 앉아 공문과 편지를 베껴 쓰고 또 베껴 썼다. 집에 와서는 그녀를 상대하거나 그녀가 군불을 때고 밥을 하고 만두를 찌는 걸 도와주곤 했다. 내가 밥 짓기를 배운 것도 그 무렵이었다.

먹는 것은 회관에서 지낼 때보다 훨씬 좋았다. 쯔쥔은 요리에 재주가 있지는 않았지만 온 정성을 다해 요리를 했다. 쯔쥔이 밤낮없이 애를 태우면 나도 같이 애를 태우며 이게 고락을 함께하는 것이라 여겼다. 더구나 그녀는 종일 얼굴에 땀을 흘려서 단발머리가 이마에 엉겨붙고 양손도 거칠어졌다.

게다가 아수이를 거두고 병아리를 돌보고…… 이 모든 것이 그녀가 해야 할 일이었다.

내가 그녀에게 충고했다. 나는 안 먹어도 그만이니 제발 고생하지 말라고. 그녀는 나를 힐끔 쳐다볼 뿐 아무 말이 없었고 표정이 조금 슬퍼 보였다. 나도 하는 수 없이 입을 다물었다. 그뒤로도 그녀는 계속 그렇게 고생을 했다.

내가 예상했던 타격이 결국 왔다. 쌍십절* 전날 밤, 나는 멍하니 앉아 있고 그녀는 설거지를 했다. 문 두드리는 소리가 나서 내가 나가 문을 열어보니 직장의 사환이 와 있었다. 내게 등사한 쪽지를 한 장 건넸다. 짚이는 바가 있어 등불 밑으로 가서 보니 역시 이렇게 적혀 있었다.

알림
국장 명에 의해 스쥐안성은 금후 출근하지 말 것.
비서실 10월 9일

역시 회관에 살 때부터 일찍이 예상하던 바였다. 얼굴에 크림을 떡칠한 애송이가 국장 아들의 도박 친구여서 분명 이런저런 소문을 덧붙여 일러바쳤을 것이다. 이제야 효과를 발휘하다니 되레 늦은 셈이었다. 사실 내게는 타격이랄 수도 없었는데, 미리 대책을 세워두었기 때문이다. 남의 필사를 해주거나 교사 일을 하거나 아니면 힘이 들긴 해도 번역을 할 수도 있었다. 더구나 두 달 전에는 몇 번 본 지인인 〈자유의 벗〉 편집장과 편지도 주고받았다. 그래도 심장이 쿵쾅거렸다. 두려움을 모르던 쯔쥔조차 얼굴색이 변하는 게 무엇보다 가슴 아팠다. 그녀는 그즈음 부쩍

---

* 중화민국 건국 기념일인 10월 10일.

약해 보였다.

"뭐 별거예요. 쳇, 우리 새로 시작하지 뭐. 우리……" 그녀가 말했다.

그녀는 말끝을 흐렸다. 왠지 모르지만 내게는 그 말이 들뜬 것처럼 들렸다. 등불이 유달리 어둡게 느껴졌다. 인간이란 참으로 가소로운 동물이다. 지극히 작은 일에도 심각한 영향을 받는다. 우리는 묵묵히 서로를 쳐다보다 의논을 시작했다. 먼저 지금 있는 돈을 최대한 아껴 쓰기로 했다. 그리고 '광고'를 내서 필사할 거리나 교사 자리를 찾아보고, 〈자유의 벗〉 편집장에게 편지를 보내 지금 우리 처지를 말하면서 어려울 때 도와주는 셈치고 내 번역 원고를 실어달라고 부탁하기로 했다.

"말 나온 김에 하자고. 새 길을 찾는 거야."

나는 즉시 책상으로 돌아앉아 참기름병과 식초 접시를 한쪽으로 치웠고, 쯔쥔이 그 침침한 등을 가져왔다. 나는 먼저 광고 문구를 작성했다. 그다음 번역할 만한 책을 골랐다. 이사한 뒤로 뒤적거린 적이 없어서 책 표지마다 먼지가 가득했다. 마지막으로 편지를 썼다.

뭐라고 써야 할지 몰라 한참을 망설였다. 붓을 멈추고 생각을 하면서 쯔쥔의 얼굴을 쳐다보았다. 침침한 등불 아래서 그렇게 슬퍼 보일 수가 없었다. 이 작은 일이, 그토록 강하고 두려움을 모르던 그녀에게 이렇게 큰 변화를 일으킬 줄은 정말 생각하지 못했다. 그녀는 그즈음 정말 약해졌고, 이날 밤 일로 그렇게 된 게 아니었다. 그 때문에 내 마음은 더욱 심란했다. 문득 안정된 생활을 누리던 때가 떠올랐다. 순간 회관 그 낡은 방의 정적이 눈앞에서 어른거렸고, 눈을 집중하고 똑바로 쳐다보자 침침한 등불만 눈에 들어왔다.

한참 후에야 편지도 마쳤다. 상당한 장문의 편지였다. 피로가 느껴졌다. 요 근래 나도 약해진 것 같았다. 그래서 광고문과 편지는 내일 둘이서 함께 보내기로 했다. 둘 다 약속이라도 한 듯 허리를 쭉 폈다. 무언중에 서로의 강인한 정신을 다시금 느끼는 듯싶었고, 새로 싹트는 미래의 희망을 보는 것 같았다.

사실 외부에서 온 타격이 우리에게 새로운 기운을 불러일으켜주었다. 직장생활이란, 본래 새장수 손아귀에 든 새와 같은 신세인 법이다. 연명이나 할 정도로 좁쌀을 주는 정도여서 살이 찔 수 없었다. 그런 날이 계속되면 날개가 마비되어 새장 밖에 풀어놓아도 날 수 없게 된다. 어쨌든 이제 새장을 벗어났으니 드넓은 하늘로 날아오를 것이다. 나는 법을 잊어버리기 전에.

광고는 원래 바로 효과를 볼 수 없는 일이고, 번역 역시 쉽지 않았다. 전에 훑어본 것이고 다 이해했다고 생각했는데 번역을 시작하자마자 어려운 것들이 쏟아져 진도가 아주 느렸다. 하지만 나는 각고의 노력을 하기로 마음먹었고, 새것이나 다름없던 사전이 채 반 달도 되지 않아 테두리에 까맣게 손때가 묻었다. 내가 이 일에 얼마나 절실히 매달렸는지 그 사전이 넉넉히 증명해주었다. 〈자유의 벗〉 편집장이 예전에 말했다. 자기네 잡지는 좋은 원고를 묻히게 하는 법이 없다고.

유감스럽게도 내게는 조용한 방이 없었다. 쯔쥔도 예전처럼 조용하지 않았고 자상하지도 않았다. 방안에는 항상 그릇이 어지러이 널려 있었고 석탄 연기가 가득차서 마음놓고 일할 수 없었다. 하지만 서재 한 칸 마련하지 못하는 내 무능력을 탓할 수밖에 없었다. 이런 상황에 아수이와 병아리까지 가세했다. 더구나 병아리들이 크면서 두 집이 툭하면 다투는 분란의 불씨가 되고 있었다.

날마다 '강물처럼 쉼없이 이어지는' 밥도 마찬가지였다. 쯔쥔은 밥 짓기로 자기 업적을 삼으려는 사람으로 여겨질 정도였다. 먹고 나면 돈을 마련하고, 돈을 마련하면 또 밥을 먹고, 게다가 아수이도 병아리도 먹여야 했다. 그녀는 예전에 알고 있던 것을 모두 잊어버린 사람 같았다. 밥 먹으라고 재촉하는 바람에 내 생각이 끊기기도 한다는 걸 전혀 생각하지 못하는 듯했다. 화난 표정으로 앉아서 쳐다보아도 그녀는 고칠 생각도 하지 않은 채 아무것도 느끼지 못한 듯 우적우적 밥을 먹었다.

내 일이 규칙적인 식사에 구속받아서는 안 된다는 점을 그녀에게 이해시키는 데 오 주나 걸렸다. 그걸 알고 나서 유쾌하지는 않았을 테지만 그녀는 아무 말도 없었다. 그뒤로 내 일은 비교적 빠르게 진행되었고, 얼마 안 되어 5만 자 분량의 번역을 마쳤다. 교정만 끝내면 전에 써놓은 산문 두 편과 함께 〈자유의 벗〉에 보낼 수 있었다. 밥 문제는 여전히 고민거리였다. 반찬이 식는 건 상관없었다. 문제는 양이 부족하다는 것이었다. 어떤 때는 밥도 부족했다. 종일 집에 앉아 머리만 써서 먹는 양이 전보다 훨씬 줄었는데도 그랬다. 아수이를 먼저 먹이느라 그런 것이었다. 요즘에는 나도 먹기 힘든 양고기까지 먹이는 일도 있었다. 그녀는 아수이가 불쌍할 정도로 비쩍 말라 주인집 여자가 우리를 우습게 본다고, 이런 모욕은 참을 수 없다고 했다.

그래서 이제는 내가 먹다 남긴 밥을 닭들에게만 먹였다. 그 사실을 나는 한참이 지나서야 알았고, 동시에 헉슬리가 '우주에서 인간의 위치'를 확정한 것처럼 나의 위치를 깨닫게 되었다. 나는 그저 개와 닭의 중간에 있었다.

나중에 수차례 다투기도 하고 다그치기도 한 끝에 닭들은 차차 반찬이 되었고, 우리와 아수이는 열흘 남짓 고기맛을 보았다. 오래전부터 날마다 수수 몇 알만 먹어온 터라 워낙 말라 있긴 했지만. 그뒤로 아주 조용했다. 다만 쯔쥔만이 풀이 죽어 있었다. 늘 쓸쓸하고 무료한 듯했다. 그다지 입을 열려고도 하지 않았다. 나는 생각했다. 사람은 이리도 쉽게 변하는구나!

아수이도 더는 같이 살 수 없었다. 우리는 어딘가에서 희망적인 소식이 오리라는 기대를 접었다. 쯔쥔에게는 개에게 인사를 가르치거나 앞발을 들고 서게 하는 데 쓸 먹이마저 없었다. 겨울은 또 빠르게 닥쳐와 난로를 피우는 것도 큰일이었다. 개에게 먹이를 주는 건 사실 예전부터 우리가 익히 큰 부담으로 느끼던 일이었다. 그래서 개도 남겨둘 수 없었다.

풀대*를 꽂아 묘회에 가서 팔면 몇 푼이라도 건질 수 있겠지만 차마 그렇게까지는 할 수 없었고 하고 싶지도 않았다. 결국 내가 머리에 보자기를 씌워 서쪽 교외로 데려가 놓아주었다. 기어이 따라오려고 해서 그리 깊지 않은 흙구덩이에 밀어넣었다.

그렇게 돌아오자 집은 더욱 조용하게 느껴졌다. 그런데 쯔쥔의 참담한 표정이 나를 놀라게 했다. 일찍이 본 적 없는 표정이었다. 당연히 아수이 때문이었다. 하지만 그런 얼굴을 해야만 하

* 동물을 팔 때 매물이라는 표시로 풀을 꽂았다.

는 걸까? 나는 개를 흙구덩이에 밀어넣었다는 말은 하지 않았다.

밤이 되자 그녀의 참담한 표정에 차가움이 더해졌다.

"이상하군. 쯔쥐, 오늘 왜 그래?" 나는 더는 참을 수 없었다.

"왜요?" 그녀는 나를 쳐다보지도 않았다.

"당신 표정이……"

"아녜요. 아무것도 아녜요."

그녀의 말과 행동에서 나를 모진 사람으로 단정하고 있음을 알았다. 사실 나 혼자라면 사는 게 쉽다. 자존심이 세서 그동안 사람들과 그다지 왕래하지 않았고, 더구나 이사를 한 뒤로는 전에 알고 지내던 사람들과도 멀어졌다. 하지만 어디든 멀리 높이 날아오르기만 하면 살길은 드넓게 펼쳐질 것이다. 지금 이렇게 생활의 압박에서 오는 고통을 당하는 이유는 대부분 그녀 때문이고, 아수이를 버린 것도 그녀 때문 아닌가. 그런데 이런 이유마저 생각하지 못할 정도로 쯔쥐의 생각이 보잘것없어진 것이다.

언제 기회를 잡아 이런 사정을 넌지시 얘기했더니 그녀가 알았다는 듯 고개를 끄덕였다. 하지만 그뒤에 일어난 일들을 보면 내 말을 전혀 이해하지 못했거나 아예 믿지 않는 것으로 보였다.

날도 춥고 그녀의 표정까지 차가워서 집에 편히 있을 수 없었다. 그렇다고 어디로 갈 것인가? 큰길이나 공원에는 얼음처럼 차가운 표정은 없지만 살을 에는 차가운 바람이 있었다. 결국 공공 도서관에서 나의 천국을 찾았다.

입장권을 살 필요도 없고 열람실에 난로도 두 개나 있었다. 타는 듯 마는 듯한 석탄난로였지만 그걸 보는 것만으로도 마음에 온기가 느껴졌다. 책은 볼만한 게 없었다. 예전 책은 진부했고 새 책은 거의 없었다.

다행히도 나는 책을 보러 가는 게 아니었다. 나 말고도 늘 몇 명이 더 있었는데, 많을 때는 여남은 명이 되었다. 다들 얇은 홑옷 차림에 나처럼 각자 자기 책을 보았지만 실은 불을 쬐러 나온 것이었다. 내게는 더없이 적당한 곳이었다. 길에서는 아는 사람을 만나기 십상이고 경멸하는 눈초리도 받게 되지만 여기서는 그런 변을 당할 일이 없었다. 그런 사람들은 영원히 다른 난로를 둘러싸고 있거나 자기 집 난로를 쬐고 있을 테니까.

그곳은 내가 볼만한 책은 없어도 이런저런 생각을 할 수 있을 만큼 편안했다. 혼자서 조용히 앉아 지난 일을 돌이켜보고서야 알았다. 지난 반년 동안 오직 사랑을 위해, 맹목적인 사랑을 위해 인생의 다른 중요한 것들을 완전히 소홀히 했다는 사실을. 첫째는 생활이었다. 사람은 반드시 살아나가야 하고, 사랑은 거기에 딸려 있는 것이다. 세상은 열심히 노력하지 않는 사람에게 절대 삶의 길을 열어주지 않는다. 나는 아직 날갯짓하는 법을 잊지 않았다. 전보다 많이 위축되긴 했어도……

열람실도 열람객도 내 눈에서 점점 사라졌다. 내 눈에 보이는 건 거친 파도 속의 어부와 참호 속의 병사, 승용차 안의 귀족, 조계지의 투기꾼, 심산 밀림의 호걸, 강단의 교수, 초저녁의 운동가와 심야의 도둑…… 쯔쥔은 옆에 없었다. 그녀는 용기도 잃어버렸고 아수이 때문에 슬퍼하거나 밥하는 데 정신을 팔 뿐이었다. 신기한 건 그래도 그리 야위지 않았다는 것이었다……

추워졌다. 난로 속에서 타는 듯 마는 듯하던 석탄 몇 조각마저 다 타버리고 벌써 폐관시간이 되었다. 다시 지자오후퉁으로 돌아가 얼음처럼 차가운 얼굴을 맞아야 했다. 요즘 들어 간혹 따뜻한 표정을 보이기도 했지만 그것이 내게는 더 고통이었다. 어느 날 밤으로 기억한다. 갑자기 쯔쥔이 눈에 오랫동안 보지 못했던 순진한 빛을 띠더니 웃으며 회관에 있었을 때의 얘기를 했다. 이따금 무서운 표정을 짓기도 하면서. 요새는 내가 더 쌀쌀맞게 대하는 바람에 그녀가 의심을 하기 시작했고, 그래서 그녀를 위로하려고 억지웃음을 지으며 말을 건네곤 했다. 하지만 내 웃는 얼굴과 말은 곧장 공허로 변했고, 그 공허는 또 바로 메아리가 되어, 견딜 수 없는 독한 비웃음이 되어 귀를 울렸다.

쯔쥔도 알아차린 것 같았다. 그뒤로 무감각할 정도로 차분하던 예전 모습을 찾아볼 수 없었다. 감추려고 애썼지만 의심하는 표정이 어쩔 수 없이 드러나곤 했다. 하지만 내게는 무척 다정하게 대했다.

그녀에게 분명히 말하려고 했지만 차마 말을 꺼내지 못했다. 말하려다가도 아이 같은 그녀의 표정을 보면 억지웃음이라도 짓지 않을 수 없었다. 하지만 그건 다시 나 자신에게 비웃음으로 돌아왔고 냉정한 침착함마저 잃게 만들었다.

그런 뒤로 그녀는 지난 일의 복습과 새로운 시험을 시작했다. 나더러 따뜻함이 남아 있는 허위의 답안을 숱하게 쓰게 해서 그녀에게 그 온기를 보여주도록 하고, 허위에 찬 초고는 내 가슴에 쓰게 했다. 그런 초고가 점점 내 가슴을 가득 채워 숨을 쉬기가 힘들어지곤 했다. 나는 괴로워하면서 이런 생각을 했다. 진실을 말하는 데는 자연히 커다란 용기가 필요하다. 하지만 그런 용기가 없어 허위 속에서 꾸역꾸역 살아가서는 인생의 새로운 길을 열 수 없다. 그뿐만 아니라 사람마저도 살 수 없다!

쯔쥔은 원망하는 표정이었다. 몹시 추운 아침이었다. 예전에 보지 못한 모습이었다. 어쩌면 내 눈에 그녀가 원망하는 것처럼 보인 건지도 모르겠다. 나는 그때 차갑게 화를 내며 비웃었다. 그녀가 갈고닦은 사상도, 거침없던 주장도 결국 공허일 뿐인데, 그녀는 그 공허를 아직 느끼지 못했다. 이제 더는 책도 보지 않았다. 그녀는 모르고 있었다. 인생에서 가장 중요한 건 살길을 모색하는 일이며 그 길은 누군가와 손을 잡고 동행하거나 홀로 고투하며 나아가야 한다는 것을. 다른 사람의 옷자락만 잡고 따라가서는 어떤 전사라도 제대로 전투를 치를 수 없어 함께 파멸하고 마는 것이다.

나는 새로운 희망은 우리가 헤어지는 것뿐이라고 느꼈다. 그녀는 결연하게 떠나야 한다. 문득 그녀의 죽음이 상상되어, 나는 바로 자책하고 후회했다. 다행히 아침이었다. 나의 진실을 이야기할 수 있을 만큼 시간은 충분했다. 지금이 우리의 새로운 길을 개척할 때였다.

나는 그녀와 이런저런 얘기를 나누며 일부러 우리의 지난 일을 꺼냈다. 문학예술을 거론하면서 외국 작가와 『인형의 집』과 『바다에서 온 여인』 같은 작품들로 얘기가 미쳤다. 노라의 단호한 결단을 칭찬했다…… 작년 회관의 낡은 방에서 얘기했던 것들이지만 지금은 전부 공허로 변했다. 내 입에서 나오는 말들이 내 귀에 전해질 때마다 형체 없는 악동 하나가 등뒤에 숨어서 악의적으로 독한 말을 흉내내고 있는 게 아닌지 의심이 될 정도였다.

그녀는 고개를 끄덕이며 귀담아듣다가 나중에는 침묵했다. 끊어졌다 이어졌다 하던 내 말도 끝나고 여운마저 허공 속에 사라졌다.

"알겠어요." 그녀가 한참 침묵한 뒤 말했다. "하지만…… 쥐안성, 내가 보기에 요즘 당신은 변했어요. 안 그래요? 솔직하게 말해봐요."

머리를 한 대 맞은 기분이었다. 하지만 바로 정신을 가다듬고 내 생각과 의견을 말했다. 새로운 길을 개척하고 새로운 삶을 재창조해야 우리가 함께 파멸하는 것을 피할 수 있다고.

마지막에 나는 크게 결심하고 몇 마디 덧붙였다.

"……이제 당신은 주저 없이 용감하게 나아갈 수 있어. 솔직히 말하길 바란다면, 그래, 사람은 허위적이어선 안 돼. 솔직하게 말할게. 그러니까 나는 당신을 더는 사랑하지 않아! 이게 오히려 당신에겐 잘된 일이야. 이제 아무 걱정 없이 일할 수 있을 테니까……"

그 순간 큰 변화가 다가오고 있다는 예감이 들었으나 침묵만 흐를 뿐이었다. 그녀의 얼굴이 돌연 잿빛으로 변했다. 죽은 사람 같았다. 그러나 이내 원래대로 돌아와 눈에서 순진한 빛이 반짝였다. 그런 눈빛으로 잔뜩 굶주린 아이가 인자한 엄마를 찾듯 사방을 두리번거렸다. 하지만 두려운 듯 내 눈을 피하며 허공을 헤맬 뿐이었다.

더는 보고 있을 수 없었다. 다행히 아침이었다. 나는 차가운 바람을 무릅쓰고 공공도서관으로 달려갔다.

거기서 〈자유의 벗〉을 봤는데 내 산문이 실려 있었다. 그 덕분에 나는 놀라움과 일말의 생기를 얻은 느낌이었다. 나는 생각했다. 살아갈 길은 그래도 많다. 그렇지만 지금 이대로는 안 된다.

나는 오랫동안 만나지 않았던 친구들을 찾아가기 시작했다. 물론 한두 번뿐이었다. 친구들의 집은 당연히 따뜻했지만 내겐 뼛속까지 시리게 느껴졌다. 밤에는 얼음보다 더 차가운 냉골에서 웅크리고 잤다.

얼음 같은 바늘이 내 영혼을 찌르며 마비시키는 고통으로 끝없이 나를 괴롭혔다. 살아갈 길은 아직 많고 날갯짓하는 법을 아직 잊지 않았다고 생각했다. 문득 그녀의 죽음을 떠올려보게 됐다. 하지만 바로 자책하고 후회했다.

공공도서관에서 종종 반짝이는 한줄기 빛을 보았다. 새로운 삶의 길이 눈앞에 펼쳐져 있었다. 그녀는 용감하게 깨우치고 그 얼음처럼 차가운 집을 의연하게 떠났다. 조금도 원망하는 빛 없이. 나는 날아가는 구름처럼 가볍게 공중에 떠 있었다. 위에는 파란 하늘, 아래는 깊은 산과 넓은 바다, 고층 빌딩, 전쟁터, 자동차, 조계지, 공관, 환한 번화가, 어두운 밤……

그리고 참으로 새로운 생활이 다가오고 있다는 예감이 들었다.

우리는 어쨌든 너무도 견디기 힘든 겨울을, 이 베이징의 겨울을 넘겼다. 심술궂은 악동의 손바닥에 놓인 잠자리처럼 가는 실에 묶여 실컷 노리갯감이 되고 학대를 당하다 겨우 목숨만 부지한 채 땅바닥에 누워 시간이 흐르기만을 기다리는 것과 같았다.

〈자유의 벗〉 편집장에게 편지를 세 통이나 보내고서야 답장을 받았다. 봉투엔 달랑 20전과 30전어치 도서구입권 두 장뿐이었다. 독촉 편지를 보내는 데만 우편료가 9전이 들었고 하루를 굶었는데, 이 모든 것이 아무런 소득 없는 공허한 일이 되어버렸다.

하지만 마침내 올 것이 왔다는 예감이 들었다.

겨울에서 봄으로 넘어갈 때였다. 바람도 이제 그리 차갑지 않아서 오랫동안 밖을 돌아다니다 어두워진 뒤에야 집에 돌아왔다. 어느 어두운 저녁, 늘 그렇듯 힘없는 모습으로 집에 돌아왔는데 대문을 보니 여느 때보다 더 기운이 빠져 발걸음이 한층 느려졌다. 겨우 내 방으로 들어갔다. 불이 꺼져 있어 성냥을 더듬어 불을 켜보니 유달리 적막하고 공허했다!

놀라서 멍하니 있자니 관리 부인이 창밖에서 나를 불렀다.

"오늘 쯔쥔 아버지가 와서 데려갔어요." 그녀가 간단히 말했다.

예상치 못한 일이었다. 나는 머리를 한 대 맞은 것처럼 말없이 서 있었다.

"그 사람이 갔다고요?" 잠시 뒤에야 나는 이렇게 물었다.

"갔어요."

"그 사람이, 그 사람이 아무 말 않던가요?"

"아니요. 당신이 돌아오거든 자기가 갔다는 말만 전해달라고 했어요."

믿기지 않았다. 하지만 집안이 유달리 적막하고 공허했다. 구석구석을 뒤지며 쯔췬을 찾았다. 낡고 때묻은 가구만 몇 점 눈에 훤하게 들어오는 터라 사람이고 물건이고 숨길 수 있을 것 같지 않았다. 나는 생각을 바꾸어 그녀가 남겼을 법한 편지나 메모를 찾으려 했지만 허사였다. 소금과 말린 고추, 밀가루, 배추 반 포기가 구석에 모여 있고, 그 옆에 동전 몇십 위안이 놓여 있었다. 우리 둘이 먹고살 부식거리의 전부였는데, 이제 그것들을 혼자 살 내게 정중히 남겨준 것이었다. 그걸 가지고 되도록 오랫동안 버티라는 뜻이었다.

나는 주위에서 밀려나듯 마당 가운데로 뛰쳐나갔다. 어둠이 내 주위를 에워쌌다. 안채의 종이로 바른 창문에 밝은 등불이 비쳤다. 주인집 부부가 아이와 놀고 있었다. 마음이 진정되자 무거운 압박 속에서 차차 어렴풋이 탈출로가 보이는 것 같았다. 깊은 산과 큰 호수, 조계지, 전등빛 찬란한 연회, 참호, 칠흑같이 어두운 밤, 예리한 칼의 일격, 소리 없이 다가오는 발걸음……

마음이 다소 가벼워지고 편해졌다. 하지만 여비 생각을 하니 한숨이 나왔다.

자리에 누워 눈을 감자 예상되는 앞길이 떠올랐으나 밤이 채 되기 전에 사라졌다. 어둠 속에서 잔뜩 쌓여 있는 음식을 본 것 같았다. 이어 쯔쥔의 누렇게 뜬 얼굴이 솟아올라 아이 같은 눈으로 간절하게 나를 바라보았다. 정신을 가다듬고 재차 보니 아무것도 없었다.

다시 마음이 무거워졌다. 며칠을 못 참고 왜 성급히 그녀에게 진실을 말해버렸는가? 지금 그녀는 알고 있다. 이제 그녀에게 남은 거라곤 자기 아버지—자식의 채권자—의 불같은 위엄과 주위 사람들의 서릿발 같은 차가운 시선뿐임을. 그 밖의 모든 것은 이제 공허하다. 공허의 무거운 짐을 지고 위엄과 차가운 눈초리 속에서 인생의 길을 간다는 건 얼마나 무서운 일인가! 더구나 그 길 끝에는 묘비도 없는 무덤뿐이지 않은가.

쯔쥔에게 진실을 말하지 말았어야 했다. 우리가 서로 사랑했던 이상 영원히 그녀에게 나의 거짓말을 바쳐야 했다. 진실이 소중하다면 쯔쥔에게 그것이 무거운 공허가 되지 말아야 한다. 물론 거짓말도 공허하다. 하지만 적어도 이토록 무겁게 짓누르지는 않는다.

내가 진실을 말하면 그녀가 조금도 망설임 없이 단호하고 의연하게 앞으로 나아갈 거라고 생각했다. 우리가 동거하기로 했던 그때처럼 말이다. 하지만 내 생각이 틀렸던 것 같다. 그때 그녀가 용감하고 두려움이 없었던 건 사랑 때문이었다.

나는 허위의 무거운 짐을 질 용기가 없어서 진실의 무거운 짐을 그녀에게 부려버렸다. 그녀는 나를 사랑하고부터 그 무거운 짐을 지고 위엄과 차가운 눈초리 속에서 인생의 길을 걸어야 했다.

나는 그녀의 죽음을 상상했다…… 내가 보기에 나는 비겁한 인간으로, 강한 힘을 지닌 인간들에게 배척당해도 당연하다. 진실한 인간이든, 허위의 인간이든. 하지만 그녀는 시종일관 내가 비교적 오랫동안 생활을 유지해주길 바랐다.

나는 지자오후퉁을 떠나려 했다. 그곳은 유달리 공허하고 적막했다. 그곳을 떠나면 쯔쥔도 예전처럼 내 곁으로 돌아올 거라고, 적어도 이 도시에 남아 있는 이상 어느 날 예고 없이 나를 찾아올 거라고 생각했다. 회관에 살 때처럼 말이다.

하지만 아무리 부탁을 넣고 편지를 보내도 전혀 반응이 없었다. 하는 수 없이 오랫동안 찾지 않았던 지인을 찾아갔다. 백부의 어렸을 적 동창이었다. 곧은 품성으로 이름난 관리였는데, 베이징에 산 지 꽤 오래되어서 아는 사람이 많았다.

옷차림이 추레해서인지 들어서자마자 문지기에게 무시를 당했다. 다행히 겨우 만났다. 그는 나를 알아보기는 했지만 냉담하게 대했다. 우리의 지난 일을 죄다 알고 있었던 것이다.

"당연히 자네도 여기에 있을 수 없을 거네." 다른 곳에 일자리를 알아봐달라는 내 부탁을 듣고 그가 차갑게 말했다. "그런데 어디로 가겠나? 어려워. 자네, 뭐야, 자네 여자친구 말야. 쯔쥔, 자네 알고 있나? 그 여자 죽었다네."

나는 놀라서 할말을 잃었다.

"정말입니까?" 나도 모르게 간신히 물었다.

"허허, 당연히 정말이지. 우리집 왕성이 그 여자와 같은 마을 사람이니까."

"그런데 왜 죽었는지 모르십니까?"

"누가 알겠어. 어쨌든 죽은 건 맞아."

어떻게 인사를 하고 나왔는지도 모른 채 집으로 돌아왔다. 그가 거짓말을 한 게 아님을 안다. 이제 다시 쯔쥔은 작년처럼 이곳에 올 수 없게 되었다. 위엄과 차가운 눈초리 속에서 공허의 무거운 짐을 지고 인생의 길을 가려 해도 그럴 수 없게 되었다. 내가 말해준 진실이 그녀의 운명을 결정지었다. 사랑이 없는 세상은 죽음뿐이라는 진실이!

당연히 나도 여기에 있을 수 없었다. 하지만 "어디로 갈 것인가?"

주위는 아득한 공허뿐이었다. 그리고 죽음의 정적. 사랑을 잃고 죽은 사람들의 눈앞에 놓인 어둠이 하나하나 내 눈에 보이고 괴로움과 절망으로 몸부림치는 소리가 모두 들리는 듯했다.

나는 아직도 새로운 것, 이름 없고 예상치 못한 어떤 것이 내게 와주기를 기대하고 있다. 하지만 하루하루 죽음의 정적뿐이다.

나는 전보다 바깥출입이 줄었고, 아득한 공허 속에 눕거나 앉은 채 죽음의 정적이 영혼을 갉아먹도록 내버려두었다. 죽음의 정적은 이따금 스스로 전율하다 알아서 물러나기도 했는데, 그럴 때면 틈틈이 이름 없고 예상치 못한 어떤 새로운 기대가 스치곤 했다.

어느 흐린 오전이었다. 태양이 아직 구름 속에서 벗어나지 못하고 공기조차 지쳐 있었다. 토닥토닥 발소리와 씩씩거리는 콧소리에 눈이 번쩍 뜨였다. 휙 둘러보았지만 집안은 여전히 공허했다. 그런데 우연히 바닥을 보니 지치고 마른데다 온몸에 흙을 뒤집어쓴 채 거의 죽어가는 조그만 동물 하나가 서성이고 있었다……

자세히 들여다보는데 심장이 일순간 멈추었다 다시 요동치기 시작했다.

아수이였다. 녀석이 돌아온 것이다.

내가 지자오후퉁을 떠난 건 집주인 부부와 그 하녀의 차가운 눈초리 때문만은 아니었다. 더 큰 이유는 아수이 때문이었다. 하지만 "어디로 갈 것인가?" 새로운 삶의 길은 물론 많았다. 나도 대강 알고 있었다. 간혹 어렴풋이 보이기도 했고, 바로 내 앞에 있는 것처럼 느껴지기도 했다. 하지만 그곳으로 가는 첫걸음을 내딛는 방법을 몰랐다.

거듭 생각하고 비교도 해보았지만, 나를 받아줄 만한 곳은 회관뿐이었다. 그때의 낡은 방, 그때의 나무침대, 그때의 반쯤은 시들어버린 회화나무와 자등나무도 여전했다. 하지만 그때 내게 희망을 주고, 기쁨을 주고, 사랑을 주고, 삶을 주었던 것은 전부 사라지고 없었다. 그저 공허뿐, 내가 진실과 바꾼 공허뿐이었다.

새로운 삶의 길은 많다. 나는 반드시 그곳으로 나아가야 한다. 여전히 살아 있기 때문이다. 하지만 나는 아직 모른다. 어떻게 그 첫발을 내디뎌야 할지를. 잿빛 뱀 같은 삶의 길이 스스로 꿈틀거리며 내게 다가오는 것 같기도 했다. 나는 기다리고 기다렸다. 가까이 다가온 게 보였지만 한순간 어둠 속으로 사려져버렸다.

초봄의 밤은 길었다. 오랫동안 멍하니 앉아 있다 오전에 거리

내가 지자오후퉁을 떠난 건 집주인 부부와 그 하녀의
차가운 눈초리 때문만은 아니었다. 더 큰 이유는 아수이 때문이었다.

에서 보았던 장례식을 떠올렸다. 앞에서 종이로 만든 사람과 말을 뿌리고 뒤에서 노래를 부르듯 곡을 했다. 나는 이제야 그 사람들이 총명하다는 걸 알았다. 그것은 참으로 편하고 간단한 일이었다.

그런데 쯔쥔의 장례식이 눈앞에 떠올랐다. 혼자서 공허의 무거운 짐을 지고 기나긴 잿빛 길을 걸었고, 주위의 위엄과 차가운 눈초리 속에서 이내 사라져버렸다.

나는 혼이라는 게 정말 있었으면 싶었고, 지옥이라는 게 정말 있었으면 싶었다. 그렇다면 아무리 요사스러운 바람이 거칠게 휘몰아쳐도 쯔쥔을 찾아갈 것이고, 만나서 내 후회와 슬픔을 말하고 용서를 빌 것이다. 아니면 지옥의 사나운 불길이 나를 에워싸고 내 후회와 슬픔을 활활 태우도록 할 것이다.

나는 요사스러운 바람과 사나운 불길 속에서 쯔쥔을 끌어안고 용서를 빌 것이다. 아니면 그녀를 기쁘게 해주거나……

하지만 그것은 새로운 삶의 길보다 더 공허하다. 지금 내게는 초봄의 밤뿐이고, 게다가 여전히 이토록 길다. 나는 살아 있다. 나는 새로운 삶의 길을 향해 나아가야 한다. 그 첫걸음으로서 내 후회와 슬픔을 적을 따름이다. 쯔쥔을 위해, 스스로를 위해.

나는 노래 부르듯 곡을 하며 쯔쥔을 장송하고 망각 속에 묻는다.

나는 잊을 것이다. 나 자신을 위해 망각 속으로 쯔쥔을 장송한 것마저 다시는 생각하지 않을 것이다.

나는 새로운 삶의 길을 향해 첫걸음을 내디딜 것이다. 마음속 상처에 진실을 깊이깊이 숨긴 채 묵묵히 앞으로 나아갈 것이다. 망각과 거짓을 내 길잡이로 삼고서……

1925년 10월 21일

이혼

離婚

"아, 무 아저씨! 새해 복 많이 받으세요."

"잘 있었는가, 바싼! 복 많이 받게!"

"네네, 복 많이 받으십시오. 아이구도 같이 가네……"

"아아, 무 영감님!"

좡무싼과 딸 아이구가 목련교 어귀에서 배에 오르자 거기에 있던 사람들이 웅성거렸고, 그중 몇은 두 손을 모아 예를 표했다. 동시에 뱃전 좌판에 앉아 있던 사람들이 네 명은 앉을 만한 자리를 내주었다. 좡무싼은 사람들과 인사를 주고받으며 자리에 앉아 기다란 담뱃대를 뱃전에 세워두었다. 딸 아이구가 그의 왼쪽에 앉아 갈고리 모양의 두 발*을 바싼 앞에 '팔八' 자 모양으로 놓았다.

"무 영감님, 성에 가시는가보죠?" 게딱지 얼굴이 물었다.

"아니네." 좡무싼은 어쩐지 힘이 없어 보였지만 검붉은 얼굴에 워낙 주름이 많아서 뚜렷한 변화는 읽어낼 수 없었다. "팡좡에 가는 길일세."

배에 탄 사람들이 다들 말없이 그들만 쳐다보았다.

"또 아이구 일 때문이군요?" 잠시 후 바싼이 물었다.

"그러네. ……정말 속상해 죽을 노릇이네. 벌써 꼬박 삼 년째이 난리야. 그동안 수없이 싸웠다 화해하기를 거듭했지만 아직도 결말을 짓지 못했으니……"

"이번에도 웨이 영감님 댁으로 가세요?"

"그러네. 어르신이 그 집 사람들과 화해를 시키겠다고 나선 게 한두 번이 아니야. 내가 다 따르진 않았지만. 뭐 뾰쪽한 수가 있어야지. 이번에는 어르신 댁에서 신년 종친모임이 있어 성에 사는 치 대인도 온다고 하여……"

"치 대인이요?" 바싼의 눈이 커졌다. "그 어르신도 와서 참견한단 말인가요? ……그게…… 실은 작년에 우리가 그 집 부뚜막을 죄다 뜯어버렸으니 한번 화풀이를 한 셈이긴 하잖아요.** 그런

---

* 전족한 발을 가리킨다.

** 과거 중국의 사오싱 지방에서는 부뚜막을 뜯어버리는 것을 제일 큰 모욕이라 여겼다.

데 아이구가 그 집안으로 다시 간들 뭐 좋을 것도 없겠고……" 그가 이렇게 말하고는 시선을 내렸다.

"나도 그 집으로 돌아갈 생각은 추호도 없어요, 바싼 오빠." 아이구가 분하다는 듯 고개를 치켜들며 말했다. "나도 화가 나서 그래요. 그 '새끼 짐승'이 젊은 과부와 눈이 맞아서 나는 안중에도 없고, 어디 내가 만만할 것 같아요? 그 '늙은 짐승'도 자기 아들 역성만 들면서 나는 필요 없다 하니, 어디 두고 보라지요! 치 대인이라도 어쩌겠어요? 제아무리 지사 나리와 의형제여도 말 같지도 않은 소릴 하진 않겠지요? 웨이 나리처럼 꽉 막혀서 '갈라서는 게 좋아, 갈라서'라고만 하진 않을 거예요. 치 대인한테 내가 몇 년간 고생한 걸 죄다 얘기해서 누구한테 잘못이 있다고 하는지 볼 거예요."

바싼도 그렇겠다 싶어 더이상 입을 열지 않았다.

찰랑찰랑 뱃머리를 두드리는 물소리만 날 뿐 배 안은 정적에 잠겼다. 좡무싼이 손을 뻗어 대통을 만지작거리며 담배를 재웠다.

대각선 쪽 바싼 옆에 앉아 있던 뚱뚱한 사내가 주머니에서 부싯돌을 꺼내 부싯깃에 불을 붙여 대통에 옮겨주었다.

"죄, 죄죄, 죄송합니다." 좡무싼이 고개를 숙이며 말했다.

"초면입니다만, 무 아저씨의 존함은 진즉부터 알고 있었습니다." 뚱뚱한 사내가 공손하게 말했다. "당연한 일이지요. 이 강가 삼육에, 그러니까 열여덟 개 마을에 사는 사람치고 모르는 이가 어디 있겠습니까? 스가네 아들이 과부와 눈이 맞았다는 것도 일찍이 알았지요. 작년에 무 아저씨가 아드님 여섯을 데려가 그 집 부뚜막을 박살낸 일도 누가 잘못했다고 하겠습니까? 아저씨는 고관대작의 집도 거리낌없이 드나드는 분인데 그깟 사람들이 뭐라고요!"

"이 아저씨가 정말 이치를 아네요." 아이구가 기뻐하며 말했다. "아직 아저씨가 누구인지 모르지만요."

"왕더구이라고 해요." 뚱뚱한 사내가 얼른 말했다.

"나를 내치려 하지만 어림없어요. 치 대인이건 바 대인이건 좋아요. 그 집을 패가망신시켜만 준다면야. 웨이 나리가 네 번이나 화해하라고 하지 않겠어요? 아버지도 그쪽에서 돈을 주겠다니까 눈이 달아가지고는……"

"저 계집이!" 좡무싼이 작게 말했다.

"그런데 지난 그믐에 스가네가 웨이 나리한테 술상을 차려 보냈다던데요, 바싼 어르신." 게딱지 얼굴이 말했다.

"상관없어요." 왕더구이가 말했다. "술상 하나에 정신 줄을 놓는다면 서양요리라도 보내면 어찌 되겠어요? 글을 알아 배운 게 있는 자들이 다른 이들을 대신해 바른 말을 해야지요. 누군가 억울한 일을 당하면 그자들이 나서서 바른 말을 해야지요. 술을 얻어 마셨건 아니건 상관없이 말예요. 지난 그믐에 우리 마을 룽 나리가 베이징에서 돌아오셨는데, 큰물에서 지낸 분이라 우리 같은 촌것들하고 다르더라고요. 그분 말이, 거기서 제일가는 사람이 광 마님인데, 고집이……"

"왕자후이터우 손님, 내리세요!" 배꾼이 소리를 질렀다. 배는 벌써 멈추려고 했다.

"여기요, 여기." 뚱뚱한 사내가 얼른 담뱃대를 집어들고 선창 중간에서 뛰쳐나가 앞으로 나아가는 배를 따라 기슭에 올랐다.

"죄, 죄송합니다." 그가 배에 탄 사람들에게 인사하며 말했다.

배는 새로운 정적 속에 계속 앞으로 나아갔다. 찰랑찰랑 물소리가 다시 들려왔다. 바싼은 졸기 시작해 점점 맞은편의 갈고리 모양 발을 향해 입을 벌렸다. 배 앞전에 앉은 나이든 두 여인이 조용히 불경을 읊조렸다. 염주를 굴리면서 아이구를 쳐다보고 서로 눈길을 주고받다가 입을 삐죽이며 고개를 끄덕였다.

아이구는 선실 덮개를 멍하니 쳐다보았다. 장차 어떻게 그 집안 '새끼 짐승'과 '늙은 짐승'을 꼼짝달싹 못하게 패가망신시킬지 생각하는 것 같았다. 그녀에게 웨이 나리는 안중에도 없었다. 두 번 본 적이 있지만 그저 머리가 둥근 난쟁이일 뿐이었다. 그런 인간은 아이구가 사는 마을에도 널렸다. 얼굴색이 그보다 더 검기는 해도.

좡무싼은 담배가 거의 끝까지 타들어가 대통에서 지지직 담뱃진 타는 소리가 나는데도 계속 빨았다. 그는 왕자후이터우를 지나면 팡좡임을 알고 있었다. 그 마을 입구의 괴성각*이 벌써 확연히 눈에 들어왔다. 팡좡은 여러 번 왔었지만 별 볼 일 없는 곳이었다. 웨이 나리도 마찬가지였다. 좡무싼은 딸애가 울면서 돌아왔던 일, 가증스럽던 사돈집과 사위, 그리고 그 집안 때문에 얼마나 피해를 입었는지를 여전히 기억하고 있었다. 여기까지 생각이 미치자 지난 일들이 눈앞에 펼쳐졌다. 그 집을 혼내주던 일을 떠올릴 때면 그는 늘 씁쓸한 미소를 지었다. 그러나 이번에는 달랐다. 영문을 모르겠지만 뚱뚱보 치 대인이 갑자기 가로막고 나서면서 그의 머릿속이 복잡해져버렸다.

정적에 잠긴 채 배는 계속 전진했다. 염불소리만 더욱 높아졌다. 이외의 다른 것들은 좡무싼과 아이구를 따라 깊은 생각에 잠긴 것만 같았다.

"무 아저씨, 내리시지요. 팡좡입니다."

좡무싼 일행이 뱃사공의 소리에 정신을 차렸을 때 괴성각은 이미 눈앞에 있었다.

그가 강기슭에 올랐고 아이구가 뒤를 따랐다. 괴성각을 지나

* 문운(文運)을 주관하는 신인 괴성을 모시는 누각.

웨이 나리의 집이 있는 방향으로 걸었다. 남쪽으로 서른여 집을 지나 모퉁이를 돌아 도착했다. 입구에 검게 칠한 덮개를 씌운 배 네 척이 한 줄로 늘어선 모습이 멀리서도 보였다.

옻칠한 대문을 들어선 그들은 문간방으로 안내되었다. 대문 안쪽에는 뱃사공과 머슴 무리가 두 탁자 주위에 빽빽하게 앉아 있었다. 아이구는 그들을 똑바로 보지 못하고 그저 힐끔 쳐다보았는데 '늙은 짐승'과 '새끼 짐승'의 모습은 보이지 않았다.

아랫사람이 넨가오탕*을 내왔을 때 아이구는 어쩐지 불안해졌는데 그 이유를 알 수 없었다. '지사 나리하고 의형제여도 말은 바로 하겠지?' 그녀는 생각했다. '교양과 학식을 갖춘 사람은 이치에 맞는 말을 하는 법이니까. 치 대인에게 낱낱이 말할 거야. 열다섯 살에 시집가서 며느리 노릇을 할 때부터……'

넨가오탕을 다 먹은 그녀는 때가 되었음을 알았다. 과연 얼마 안 있어 그녀는 머슴을 따라 아버지와 함께 대청을 지나고 모퉁이를 돌아 응접실로 들어섰다.

응접실에는 여러 가지 물건이 많았지만 그녀는 자세히 볼 여유가 없었다. 손님도 많은데다 붉고 파란 비단 마고자가 번쩍거리는 모습만 눈에 들어올 뿐이었다. 그들 가운데 한 사람이 제일 눈

---

* 중국식 떡국.

에 띄었는데, 그가 바로 치 대인일 것 같았다. 머리는 둥글둥글 했지만 웨이 나리보다 훨씬 체격이 좋았다. 크고 둥근 얼굴에 눈은 가느다랗고, 까맣고 가는 수염을 길렀다. 정수리는 벗어졌지만 머리통과 얼굴이 붉게 번들거리며 윤기가 흘렀다. 아이구는 이상하다고 생각했지만 분명 돼지기름을 바른 거라고 해석했다.

"이게 바로 '비색'이라는 거지. 옛날 사람들이 염을 할 때 항문을 막던 것이야." 치 대인이 조약돌 같은 것을 들고 이렇게 말하면서 자기 콧가를 두 번 문질러보더니 말을 이었다. "안타깝게도 묻힌 지 오래되지 않은 거야. 그래도 살 만한 가치는 있어. 아무리 내려 잡아도 한나라 때 물건이야. 보라고, 이게 '수은 반점*'이야……"

'수은 반점' 주위로 머리 몇 개가 몰려들었다. 그중에는 당연히 웨이 나리도 있었다. 몇몇 젊은 나리들도 있었는데 위압적인 기세에 비쩍 마른 빈대처럼 눌려 있어서 이제껏 아이구의 눈에 들어오지 않았던 것이다.

그녀는 후반에 한 말은 알아듣지 못했다. '수은 반점' 같은 건 감히 들여다볼 수도, 그럴 마음도 없었다. 그래서 슬쩍 주위를 둘러보다 그녀 뒤에서 '늙은 짐승'과 '새끼 짐승'이 문가 벽에 바

---

* 무덤에 부장물을 넣을 때 부식을 막기 위해 수은을 입혔다.

짝 붙어 선 모습을 발견했다. 힐끔 보았을 뿐이었지만 반년 전 우연히 보았을 때보다 확실히 늙어보였다.

이어 다들 '수은 반점' 주위에서 물러났다. 웨이 나리가 비색을 받아들고 자리에 앉아 손끝으로 문지르며 좡무싼을 돌아보고 말했다.

"당신들 둘뿐인가?"

"그렇습니다."

"당신 아들은 하나도 안 왔나?"

"바빠서요."

"애초에 새해 정초부터 수고롭게 할 게 아닌데, 그 일 때문에…… 내 생각에는 당신네도 할 만큼 했네. 벌써 이 년도 훌쩍 넘지 않았나? 원한은 풀어야지 맺혀선 안 되는 거야. 아이구는 남편하고 맞지 않고 시부모도 맘에 들어하지 않고…… 전에 말한 대로 헤어지는 게 좋겠네. 나처럼 내세울 체면이 없는 사람이 말해도 소용없겠지. 치 대인은 가장 공정한 판단을 하는 분이라는 걸 당신들도 알 게야. 지금 치 대인의 뜻도 그렇다네. 나와 같아. 하지만 치 대인은 양쪽 다 불행한 일이라 생각하여 스씨 댁에서 10위안을 더해 90위안을 내라고 하셨네."

"……"

"90위안이네! 황제 안전에 가서 소송을 해도 이렇게는 못 받을 거야. 우리 치 대인이니까 이렇게 말씀하지."

치 대인이 눈을 가늘게 뜨고 좡무싼을 쳐다보며 고개를 끄덕였다.

아이구는 일이 어긋나고 있다는 생각이 들었다. 바닷가 사람들이 다들 무서워하는 아버지가 어쩐 일인지 지금은 한 마디도 하는 않는 게 이상했다. 정말 이럴 필요는 없다고 생각했다. 치 대인의 말을 전부 알아듣지는 못했지만 왠지 그가 전에 생각했던 것처럼 무서운 사람이 아니라 너그러운 사람이라는 생각이 들었다.

"치 대인은 학식이 있고 사리에 밝은 분이시니 뭐든 잘 아실 겁니다." 그녀가 용감하게 나섰다. "우리 같은 촌것하고는 다르지요. 저는 억울한 일을 당해도 하소연할 데가 없습니다. 그래서 치 대인에게 말씀드리려고 합니다. 저는 시집가서 늘 고개를 숙이고 드나들고 한 치도 예절에 어긋남이 없었습니다. 그런데도 시집 사람들은 저를 적대시하며 다들 '더없이 못살게' 굴었지요. 그해 족제비가 수탉을 물어 죽인 것도 문을 잘 안 잠가서였나요? 그 빌어먹을 개가 겨 이긴 모이를 훔쳐 먹고 닭장 문을 열어놓은 탓이었죠. 그런데도 '새끼 짐승'이 다짜고짜 제 뺨을 후려갈겼지요……"

치 대인이 그녀를 힐끔 쳐다보았다.

"일이 그리된 데는 이유가 있습니다. 이것도 치 대인의 밝은 눈을 속일 수야 없겠지요. 학문을 하고 사리를 분별할 줄 아는 사람은 무엇이든 잘 아니까요. 그 인간이 화냥년한테 빠져서 나를 쫓아내려고 그런 겁니다. 저는 엄연히 정식 혼례를 치러 가마를 타고 시집온 몸입니다. 그리 만만할 줄 알아요? 저 사람들에게 본때를 보여줄 겁니다. 재판을 해도 상관없어요. 현縣에서 안 되면 부府로 가지요……"

"그런 일은 치 대인도 다 아네." 웨이 나리가 고개를 들고 말했다. "아이구, 그렇게 고집을 부리면 좋을 게 없어. 자넨 늘 이 모양이야. 자네 부친은 얼마나 사리에 밝은지 좀 보게. 자네나 자네 동생, 오빠하고는 딴판이야. 재판을 걸어서 부까지 간다고 치세. 그럼 부에서 치 대인에게 물어보지 않을 것 같은가? 그때는 '공적인 일을 원칙에 따라 공정하게 처리'할 걸세. 그러면…… 자네는 정말……"

"그럼 목숨을 걸어야지요. 두 집안이 다 망하더라도."

"그건 목숨을 걸 일이 아니네." 치 대인이 그제야 천천히 말했다. "아직 젊구먼. 사람은 서분서분해야 하네. '웃는 얼굴이 재물을 가져다준다'고 하지 않나. 어디 안 그런가? 내가 10위안을 더 보탠 것만 해도 벌써 '이치를 벗어난' 일이야. 그렇지 않으면 시어머니의 '나가!' 하는 소리에 그저 나가야 해. 부에 가서도 마찬가지고, 상하이나 베이징, 외국도 다 그러하네. 믿기지 않으면 저 사람이 베이징의 서양학교에서 막 돌아왔으니 물어보게." 그러고는 고개를 돌려 턱이 뾰쪽한 젊은 나리에게 물었다. "어떤가?"

"정말 그렇습니다." 젊은 뾰쪽턱 나리가 황급히 몸을 바로 하고 최대한 공손하고 조용하게 대답했다.

아이구는 자신이 완전히 고립되었다고 느꼈다. 아버지는 아무 말도 하지 않았고 오빠와 동생은 감히 올 생각을 못했다. 웨이 나리는 원래 시집 사람들 편이었고 치 대인도 믿을 수 없었다. 젊은 뾰쪽턱 나리도 비쩍 마른 빈대처럼 굽실거리며 장단을 맞췄다. 머리가 멍해졌지만 최후의 결전을 치러야 할 것 같았다.

"왜 치 대인께서는……" 그녀의 눈에는 놀라고 실망한 빛이 역력했다. "그래요…… 저도 압니다. 우리 같은 아랫것이 뭘 아나요? 우리 아버지가 세상 물정도 모르고 정신 줄을 놓은 것이 그저 원망스러울 따름이지요. 저 '늙은 짐승'과 '새끼 짐승'이 하자는 대로만 하니까요. 그자들이 초상이라도 난 것처럼 헐레벌떡 쑤시고 다니며 사람들을 꼬드겨서……"

"치 대인 보십시오." 묵묵히 그녀 뒤에 서 있던 '새끼 짐승'이 갑자기 입을 열었다. "저 여자가 대인 면전에서도 이럽니다. 그러니 집에서는 가축도 편히 못 지낼 정도로 난리를 피워댔습니다. 제 아비를 '늙은 짐승'이라 부르고, 입을 열 때마다 저를 '새

"정말 그렇습니다."

젊은 뾰족턱 나리가 황급히 몸을 바로 하고 최대한 공손하고 조용하게 대답했다.

끼 짐승'이니 '애비 없는 자식'이라 불렀지요."

"그 '화냥년 과부'가 당신을 '아비 없는 자식'이라고 부르잖아?" 아이구가 고개를 돌려 크게 소리치고는 치 대인을 향해 말했다. "제가 다들 계시는 데서 분명히 말할 게 있습니다. 저 인간이 어디 한번 좋게 말하고 살갑게 대해준 적이 있는 줄 아세요. 입만 열었다 하면 '잡년'이니, '쌍년'이라 합니다. 그 화냥년과 사귀고서는 우리 조상들까지 욕했답니다. 치 대인, 시비를 가려주세요. 이건……"

아이구가 몸을 떨면서 얼른 입을 닫았다. 치 대인이 갑자기 두 눈을 치뜨고 둥근 얼굴을 쳐들더니 가늘고 긴 수염에 둘러싸인 입으로 큰 소리를 길게 내뱉었기 때문이다.

"이리 오너—라—!" 치 대인이 말했다.

아이구의 심장이 멎는가 싶다가 다시 쿵쾅거리기 시작했다. 벌써 대세가 기울었고 상황도 넘어간 것 같았다. 발을 헛디뎌 물에 빠진 기분이었고, 이건 정말 자기 잘못임을 알았다.

이내 남색 두루마기에 까만 조끼를 입은 사내가 들어와 치 대인 앞에 곧추서서 손을 허리까지 늘어뜨린 채 말뚝처럼 마주보았다.

대청에는 참새 우는 소리조차 나지 않았다. 치 대인이 입술을 움직였지만 무슨 말인지 아무도 알아듣지 못했다. 하지만 그 사내만은 벌써 알아들었을 뿐만 아니라, 그 명령이 이미 골수에까지 파고든 듯 몸을 두어 번 움찍거리더니 '모골이 송연'하다는 듯 대답했다.

"알겠습니다." 그가 몇 걸음 뒤로 물러서서 몸을 돌려 나갔다.

아이구는 생각지도 못했던 일이 닥칠 것임을 알았다. 예상할 수도, 막을 수도 없는 일이리라. 그제야 치 대인이 얼마나 위엄 있는 인물인지 절감했다. 잘 알지 못했던 자신이 지금껏 방자하게 굴며 막나갔다. 그녀는 너무 후회스러워 자신도 모르게 말했다.

"저는 원래 치 대인의 분부대로 따르려고……"

대청에는 참새 우는 소리조차 나지 않았다. 그녀가 실같이 가느다란 소리로 말했지만 웨이 나리에게는 천둥소리로 들렸는지 그가 벌떡 일어났다.

"맞아! 치 대인은 정말 공평하시다고. 아이구도 정말 사리를 분별할 줄 아는구먼!" 그가 칭찬하면서 좡무싼에게 말했다. "무싼, 당연히 더는 할말이 없겠지. 본인이 승낙했으니 말이야. 내가 통지한 대로 사주단자도 분명히 가져왔겠지. 자, 다들 내놓으시게……"

아버지가 손을 뻗어 주머니 속에서 뭔가를 꺼내는 모습이 아이구의 눈에 들어왔다. 말뚝 같은 사내가 다시 들어와 작은 거북이 모양의 까맣고 납작한 것을 치 대인에게 건넸다. 일이 어그러질까봐 아이구가 얼른 아버지를 쳐다보니 그가 차탁에 파란 보자기를 펼쳐놓고 은화를 꺼내고 있었다.

치 대인도 작은 거북이의 머리를 뽑은 뒤 그 몸속의 뭔가를 손바닥에 쏟았다. 말뚝 같은 사내가 그 납작한 것을 받아들고 나갔다. 치 대인은 곧바로 다른 쪽 손가락을 그 손바닥 위에 찍었다가 자기 콧구멍에 밀어넣었다. 콧구멍과 인중이 즉각 노랗게 달아올랐다. 재채기가 나오려는지 그가 코를 찡그렸다.

좡무싼은 은화를 세고 있었다. 웨이 나리가 아직 세지 않은 돈더미에서 얼마를 집어 '늙은 짐승'에게 주었다. 그러고는 사주단자를 바꾸어놓고 양쪽으로 밀면서 말했다.

"둘 다 잘 집어넣게. 무싼, 잘 세야 하네. 장난하는 게 아니라 돈이 관계된 일이야."

"에취" 하는 소리가 났다. 아이구는 분명 치 대인의 재채기임을 알았지만 저도 모르게 눈을 돌려 쳐다보았다. 치 대인은 입을 벌리고 여전히 코를 찡그린 채 두 손가락으로 '옛날 사람들이 염을 할 때 항문을 막던 그것'을 들고 코 주변을 문지르고 있었다.

좡무싼이 간신히 은화를 다 세었다. 양쪽은 사주단자를 챙겨 넣었다. 다들 허리가 훨씬 펴진 것 같았고 잔뜩 찌푸렸던 표정도 누그러져 대청에 돌연 화기애애한 기운이 도는 듯했다.

"됐어! 일이 원만하게 해결되었어." 양쪽 사람들이 자리를 뜰

기미를 보이자 웨이 나리가 숨을 내쉬며 말했다. "그럼, 응, 더이상 아무 일 없겠지. 행운을 비네. 어쨌든 맺힌 것을 풀었으니 말이야. 가려고? 가지 말고 우리집에 가서 새해 축하주나 한잔하세. 이게 어디 자주 있는 일인가."

"저희는 그냥 가겠습니다. 두었다 내년에 와서 마시지요." 아이구가 말했다.

"고맙습니다, 웨이 나리. 우리도 그냥 가겠습니다. 일이 있어서요……" 장무싼, 그리고 '늙은 짐승'과 '새끼 짐승'이 그렇게 말하며 공손하게 물러났다.

"응? 왜? 안 마시고 가겠다고?" 웨이 나리가 맨 뒤에 걸어가는 아이구를 쳐다보며 말했다.

"네, 그냥 가겠습니다. 감사합니다, 웨이 나리."

1925년 11월 6일

옮긴이의 말

이 책은 루쉰의 두번째 소설집인 『방황彷徨』의 수록작 열한 편 가운데 단편 일곱 편을 묶은 소설집으로, 중국 인민문학출판사에서 2002년에 출간한 자오옌녠 목각 판화집을 저본으로 하고 있다. 루쉰은 이 작품들을 1924년부터 1926년 사이에 썼다. 원래 수록된 소설집 이름 '방황'에서 짐작할 수 있듯이, 루쉰이 매우 힘들었던 시기에 쓴 작품들이다. 제국주의 침략과 폭압적인 정치권력 등으로 인한 중국의 혼란은 희망을 찾아볼 수 없을 정도로 어두웠다. 중국의 변화와 개혁을 바라는 루쉰을 절망시키기에 충분했다. 여기에 루쉰 개인사적으로 여러 시련이 닥쳤다. 문학적 동지이자 자신이 부모처럼 돌보았던 동생과 불화가 생겨서, 급기야 결별하고 따로 분가해 나오기도 했다. 첫 부인과 사랑 없는 결혼생활을 언제까지 지속해야 하는지에 대한 고민, 그런 가운데 싹튼 새로운 사랑으로 인한 갈등 등이 이어지던 시기였다. 좌절과 절망, 고민이 이어지던 시기였다.

표제작인 「고독자」의 주인공은 그런 루쉰의 절망과 좌절감이 투영된 인물이다. 한때 신식 학문을 배우고 한때 개혁을 추구하는 지식인이었지만, 넘을 수 없는 현실의 벽에 부딪혀 절망하고, 결국 죽음을 맞는다. 이 소설 속 주인공은 어두운 현실 속에서 출구를 찾지 못하던 당시 많은 중국 지식인의 상징이자 루쉰 자신 모습의 축소판이기도 하다. 「장명등」의 경우, 루쉰의 첫 소설인 「광인일기」에 나오는 주인공처럼 장명등이라는 기존 관습적 인식과 미신에 저항하는 사람이 도리어 미친 사람으로 취급을 당하고 결국 감금되는 이야기다.

그런가 하면 「복을 비는 제사」와 「애도」 「이혼」은 여성의 비극과 여성이 겪는 불합리한 대우를 다루고 있다. 이 작품들은 루쉰의 대표작으로 손꼽힌다. 「복을 비는 제사」는 사회주의 중국이 수립된 이후 최초로 컬러영화로 제작되는가 하면, 중등 교과서에도 수록되면서 중국인이라면 누구나 소설로 읽고 영화로 본 작품이기도 하다. 작품에 등장하는 여성 모두가 비극적으로 생을 마친다. 물론 그들의 처지는 다르다. 「복을 비는 제사」 속 여성은 전통적 의식을 지니고 있는데, 여전히 여성의 삶을 짓누르고 있는 봉건적 전통 질서에 희생당한다. 이에 비해 신세대 젊은 남녀의 동거와 그 비극적 파국을 다룬 「애도」 속 여성은 자신만의 삶을 찾아서 가출하고 교육도 받은 신여성이지만 결국 남자와 헤어진 뒤 다시 집으로 끌려가 죽음을 맞는다. 두 젊은 남녀는 연애할 때만 해도 새로운 세상에 어울리는 새로운 연인이었다. 하지만 결혼 뒤 두 사람의 사랑은 경제적 압박과 식어가는 사랑 때문에, 무엇보다도 전통적인 남녀 성역할이 두 사람의 결혼생활을 지배하면서 파국을 맞게 된다. 두 소설 속 여성의 비극을 보면 근대가 시작되고 새로운 세상이 열렸지만, 여성에게 그 세상은 여전히 과거와 같은 낡은 그대로의 세상이었다는 것을 엿볼 수 있다. 물론 이 두 소설은 이처럼 봉건체제가 여성에게 가한 억압이라든지, 봉건체제든 근대체제든 남권 내지는 부권의 여성에 대한 억압이라는 차원에서 주로 읽을 수 있지만, 다른 차원에서도 읽어볼 수 있다. 삶의 실존적 차원에서 종교나 미신의 믿음이라는 것은 어떤 의미인지, 삶이 진실만으로 영위되는지, 삶에 진실과 거짓은 어떤 의미인지 등에 대해 실존적 차원에서 질문을 던지고 있기도 하다. 농촌의 이혼 문제를 처리하는 과정을 다룬 소설 「이혼」은 재판이 아니라 중재를 통해 자체적으로 농촌 공동체의 분규와 갈등을 해결하던 모습을 그리는데, 이혼 사건을 중재하고 해결하는 권력자의 위선과 편파적인 결정,

그리고 그 과정에서 억울하게 희생당하는 여성의 문제를 다루고 있다.

지식인의 허위와 위선, 타락은 루쉰이 집요하게 산문과 소설에서 비판하는 주제이기도 하다. 「비누」와 「가오 선생」 「장명등」은 바로 그런 루쉰 소설의 특징을 여실히 보여주는 작품들이다. 「비누」는 한때 급진적인 개혁을 외치던 인물이었지만 지금은 여학생의 단발에 화를 내는 지식인 주인공의 위선과 허위, 타락을 풍자하고 있고, 「가오 선생」은 중국의 고리키라는 찬사를 들을 정도로 명문을 발표한 지식인이 놀음과 오락, 여성과 노는 데 빠져 있는 모습을 통해 타락한 지식인을 비판한다. 전통 수호를 주장하고, 개혁을 주장하는 지식인의 허위와 위선을 가감없이 풍자한다.

루쉰의 소설은 많이 저작하여야 그 맛을 알 수 있는 음식 같다. 천천히, 그리고 꼭꼭 새기면서 읽기를 권한다. 그의 첫번째 소설집 『외침吶喊』에 수록된 「아Q정전」이나 「광인일기」 같은 작품보다 두번째 소설집에 수록된 소설을 읽을 때는 더더욱 그런 독법이 필요하다. 그래야만 루쉰 소설의 참맛을 느낄 수 있다.

이욱연

루쉰 연보

1881년 9월 25일	저장성 사오싱현에서 아버지 저우보이와 어머니 루루이의 장남으로 태어나다. 본명은 저우수런.
1893년(13세)	할아버지가 뇌물 사건에 연루되어 투옥되고 아버지가 병이 들면서 집안이 몰락하다.
1898년(18세)	난징의 장난해군학교에 입학하다.
1900년(20세)	장난육군학교 부설 철도학교로 옮겨가다.
1902년(22세)	국비 일본 유학생으로 선발되어 유학생 예비학교인 도쿄고분학원에 입학하다.
1903년(23세)	잡지 〈절강조浙江潮〉에 번역문 「스파르타의 혼」, 과학 논문 「라듐에 대하여」「중국지질약론」을 발표하고, 쥘 베른의 과학소설 『달나라 탐험』『지구 속 여행』을 번역하다.
1904년(24세)	센다이의학전문학교에 입학하다.
1906년(26세)	학교를 중퇴하고 잠시 귀국해 어머니의 권유로 주안과 결혼하다. 다시 일본 도쿄로 돌아가다.
1907년(27세)	동생 저우쭤런, 친구 쉬서우상 등과 문예지 〈신생新生〉을 창간하려 했으나 무산되다. 잡지 〈하남河南〉에 「문화의 편향 발전론文化偏至論」「악마파 시의 힘摩羅詩力

說」 등을 발표하다.

1909년(29세) 러시아와 동유럽 소설을 번역한 『해외소설집域外小說集』 두 권을 출간하다. 중국으로 돌아와 항저우의 저장초고등사범학교에서 화학과 생리학을 가르치다.

1911년(31세) 신해혁명으로 중화민국 정부가 수립되다. 사오싱현의 산후이초등사범학교 교장으로 취임하고 문어문소설 「옛일懷舊」을 쓰다.

1912년(32세) 난징의 임시정부에 교육부 직원으로 들어가다. 5월에 정부가 베이징으로 옮겨가면서 함께 베이징으로 가다.

1918년(38세) 단편소설 「광인일기狂人日記」를 루쉰이라는 필명으로 〈신청년新青年〉에 발표하다.

1919년(39세) 단편소설 「쿵이지孔乙己」 「약藥」을 발표하다.

1920년(40세) 단편소설 「내일明天」 「어떤 작은 사건一件小事」 「머리털 이야기頭髮的故事」 「소동風波」을 여러 잡지에 발표하다.

1921년(41세) 〈신청년〉에 단편소설 「고향故鄉」을 발표하다. 베이징 신문 〈신보晨報〉 부록판에 중편소설 「아Q정전阿Q正傳」 연재를 시작하다.

1922년(42세) 러시아 작가 에로셴코의 『동화집』을 번역 출간하다. 단편소설 「단오절端午節」 「흰 빛白光」 「토끼와 고양이兎和猫」 「오리의 희극鴨的喜劇」 「마을 연극社戲」 「부주산不周山」을 발표하다.

1923년(43세) 「광인일기」 등 열다섯 편의 중단편소설을 묶은 첫 소설집 『외침吶喊』과 문학연구서 『중국소설사략中國小說史

略』 상권을 출간하다. 베이징여자고등사범학교와 세계어전문학교에 출강하다.

1924년(44세) 단편소설 「복을 비는 제사祝福」 「술집에서在酒樓上」 「행복한 가정幸福的家庭」 「비누肥皂」를 발표하다. 『중국소설사략』 하권을 출간하다. 주간지 〈어사語絲〉 창간에 참여하다.

1925년(45세) 단편소설 「장명등長明燈」 「조리 돌리기示衆」 「가오 선생高老夫子」 「고독자孤獨者」 「애도傷逝」를 발표하다. 첫 산문집 『열풍熱風』을 출간하다.

1926년(46세) 산문집 『화개집華蓋集』, 열한 편의 소설을 묶은 소설집 『방황彷徨』을 출간하다. 베이징을 떠나 샤먼대학 문과 교수로 취임하다. 단편소설 「미간척眉間尺」(뒤에 「검을 만들다鑄劍」로 제목 바꿈) 「달로 달아나다奔月」를 쓰고 다음해에 발표하다.

1927년(47세) 샤먼을 떠나 광저우로 가서 중산대학 문과 교수로 취임하다. 산문집 『화개집 속편』 『무덤墳』 『들풀野草』을 출간하다. 다시 광저우를 떠나 상하이로 가서 쉬광핑과 동거를 시작하다.

1928년(48세) 산문집 『아침 꽃을 저녁에 줍다朝花夕拾』 『이이집而已集』을 출간하다.

1929년(49세) 왕팡런, 추이전우 등과 함께 문학단체 조화사朝花社를 조직해 〈조화주간朝花週刊〉 〈조화순간朝花旬刊〉 등을 발행하다. 러시아 문예비평가 루나차르스키의 『예술론』

『문예와 비평』 일역본을 번역 출간하다. 문예비평 논문을 번역한 글을 묶은 『벽하역총壁下譯叢』을 출간하다.

1930년(50세) 자유운동대동맹에 참가하고, 중국좌익작가연맹의 대표로 선임되다. 러시아 이론가 플레하노프의 『예술론』 일역본을 번역 출간하다.

1932년(52세) 산문집 『세 가지 여유로움三閑集』 『두 마음二心集』, 러시아 단편소설을 모은 『하프竪琴』를 출간하다.

1933년(53세) 소설선집 『루쉰 자선집魯迅自選集』, 서간집 『양지서兩地書』, 산문선집 『루쉰 잡감선집魯迅雜感選集』, 산문집 『거짓자유의 책僞自由書』을 출간하다.

1934년(54세) 산문집 『남강북조집南腔北調集』 『풍월이야기准風月談』를 출간하다.

1935년(55세) 고리키의 『러시아 창작동화』 일역본을 번역 출간하다. 산문집 『미처 실리지 못한 이야기集外集』 『문밖에서 문학을 논하다門外文談』를 출간하다. 단편소설 「홍수를 다스리다理水」 「고사리를 따다采薇」 「관문을 나가다出關」 「기사회생하다起死」를 쓰다.

1936년(56세) 여덟 편의 단편을 묶은 세번째 소설집 『옛이야기, 다시 쓰다故事新編』와 산문집 『꽃테문학花邊文學』을 출간하다. 10월 19일 상하이에서 지병인 폐결핵으로 사망하다.

지은이 **루쉰**

중국의 문학가, 사상가, 혁명가이자 교육가. 1918년 중국 근대문학사상 최초의 백화소설인 「광인일기」를 발표하고, 이어 1921년 중편소설 「아Q정전」으로 중국사회에 큰 반향을 일으켰다. 평생 중국 문화사업에 공헌했고, 진보적 외국문학뿐 아니라 국내외의 저명한 회화와 판화 작품을 보급하고 소개하는 데 힘썼으며, 수많은 고전문학을 연구하고 정리했다. 1936년 세상을 떠났다.

옮긴이 **이욱연**

고려대 중문과와 동대학원을 졸업했고, 현재 서강대 중국문화전공 교수이다. 지은 책으로 『이욱연의 중국 수업』 『이만큼 가까운 중국』 등이 있으며, 『아Q정전』 『들풀』 『광인일기』 『우리는 거대한 차이 속에 살고 있다』 등을 우리 말로 옮겼다.

문학동네 세계문학

고독자

초판 인쇄 2020년 2월 18일 | 초판 발행 2020년 2월 28일

지은이 루쉰 | 판화 자오옌녠 | 옮긴이 이욱연 | 펴낸이 염현숙
책임편집 박인숙 | 편집 류현영 박혜진 고선향 이현정
디자인 김이정 이원경 | 저작권 한문숙 김지영 이영은
마케팅 정민호 이숙재 양서연 박지영
홍보 김희숙 김상만 오혜림 지문희 우상희 김현지
제작 강신은 김동욱 임현식 | 제작처 한영문화사(인쇄) 경일제책사(제본)

펴낸곳 (주)문학동네
출판등록 1993년 10월 22일 제406-2003-000045호
주소 10881 경기도 파주시 회동길 210
전자우편 editor@munhak.com | 대표전화 031) 955-8888 | 팩스 031) 955-8855
문의전화 031) 955-3578(마케팅) 031) 955-2699(편집)
문학동네카페 http://cafe.naver.com/mhdn | 트위터 @munhakdongne
북클럽문학동네 http://bookclubmunhak.com

ISBN 978-89-546-7083-8 04820
978-89-546-1411-5 (세트)

잘못된 책은 구입하신 서점에서 교환해드립니다.
기타 교환 문의: 031) 955-2661, 3580

www.munhak.com

◎ 루쉰 X 자오옌녠 목각 판화 작품집

새로운 번역과 강렬한 판화로 만나는 중국 근대문학의 이정표,
중국의 민족혼 루쉰의 대표작을 읽는다!

:아Q정전:

중국 근대문학의 아버지 루쉰의 대표작. 아Q라는 시골 날품팔이의 삶을 통해 신해혁명 전후의 기형적 중국사회와 왜곡된 중국인의 진면모를 드러냄으로써 침묵하는 중국인의 영혼을 흔들어 깨우고자 했다. 루쉰의 당대 현실 인식과 중국 변혁에 대한 강렬한 의지와 희망이 집약된 중국 근대문학의 이정표와 같은 소설.

:들풀:

중국 근대문학사 최초의 산문시집. 상징과 은유, 풍부한 상상력과 독특한 구상, 다양한 형식과 낯설고 서로 충돌하는 언어를 통해 절망적인 중국의 현실과 '박투'하는 과정에서 루쉰 내면에 일어난 고뇌와 상처의 흔적을 가감 없이 보여준다. 중국사회에 대한 예리한 통찰과 철저한 자기반성을 통한 루쉰의 인생철학을 엿볼 수 있다.